鍾文音

大文豪與冰淇淋

——我的俄羅斯紀行

【序】謎樣的美麗國度

這些年，竟然已忽焉十年了。從出第一本短篇小說集《一天兩個人》至今，已十年了。

十年是一代。一個老去的聲音。

這些年，我以不斷寫作、不斷出書來表達我對寫作志業的熱情。但這是從光明面來看阿Q的自己；若從黑暗面來看自己，你將看到一個後面不斷被一隻名為「預支版稅稿債」的大狼狗追著不斷往前奔跑的我，所以我就有了一本又一本的書。

在杜斯妥也夫斯基的故居我最深有同感，他的一生只有一本書沒有預支版稅，其餘都是預支的，他的一生就是一部稿債史，但這隻稿債大狼狗卻逼迫他爬向了更高更高的文學山頂，他從《罪與罰》之後的每一部作品不論作品好壞，其誕生的背後都是為了還稿債（但他還是比我幸運，他有老婆安娜做後盾，還幫他打字）。所以看來我也不必悲觀，有時候黑暗的力量常大過於光明，所以復仇永遠比寬恕更具戲劇性，毀滅比昇華更具反撲力。

走一趟我最喜歡的俄國大文豪杜斯妥也夫斯基的故

居後，我忽然在回旅館的途中自嘲，原來我欠缺的不是金錢，而是一個像安娜那樣的伴侶。

我生命中的安娜在何方？

我的光明面與黑暗面就像俄國，令人又愛又恨。俄國的文學藝術是如此地精粹宏偉，但貪污問題與人心的冷漠卻也讓人在旅途裡氣得牙癢癢的。

但我一直都是幸運的。

旅途裡總是能遇見陌生人的小小慈悲，或者小小善待。

就這樣，我旅行了號稱自助旅行者最高難度的俄羅斯。

旅途中，我不斷咒罵這個國家與讚嘆這個國家。

離別後，又不斷想起這個國家與賞味這個國家。

今日的俄羅斯，在極富與極窮的兩個天秤，在改革與貪腐的兩端拉扯。

今日的俄羅斯，在現代與古典的兩個面向，在清寂與華麗的兩端徘徊。

俄羅斯，絕對是個神秘美豔孤冷的女子，她即使依偎在你面前，你也依然無法看穿她。但離開她後，卻又會不斷想起她的種種——關於那些華麗的建築，那些舞蹈繪畫藝術，那些叩問人類命運的文學與救贖，那些挑戰你錢包的餐廳美食，甚至那些毫無理由的孤傲與冷漠……竟都一一地在時光漸漸遠去後，思念了起來。

俄羅斯是舞台裡的超級美女，一旦我走上舞台和她近距離接觸，我會看到許多美女不該有的刺眼真相。

但我已經走上舞台了，也只好欣然接受美女的不良與缺點。

值得的是，俄羅斯不是一般的標準美女，她是如此超高難度的美女，也許終其一生我都難以進入她的世界。

充其量，一個短暫的旅人其所獵來的旅途觀察、心情或者知識，都不過是這個超級冷豔大美女眼下的一絲幽影而已。

我在這隻羽色極其漂亮的北極熊下，安然地穿過冰雪風霜與生命孤寂，從而寫下了這本我生命中絕無僅有的俄羅斯紀行。

這是一趟昂貴的旅程，也是我生命裡非計畫的一趟意外旅程。

預期之外的事，也總是難忘吧。

ЗИНГЕРЪ
СТОП
СТОП

在紅場一帶隨便一晃，時間就飄走了，
巨大的紅場把我的時光旅程快速轉動。
忽然勾到旅人的寂寞深淵，
這整個國度的蒼涼美感湧上心頭……

БОЛЬШОЙ
КОСМОС
концертный зал
проспект Мира, 150
17 АПРЕЛЯ
103.0 FM
ШАНСОН
ГОСТИ И УЧАСТНИКИ КОНЦЕРТА:
Евгений Кемеровский
Александр Кальянов
Игорь Слуцкий
Любимые песни
Юбилейный Концерт
ТВ ШАНСОН
ГОСУДАРСТВЕННЫЙ КРЕМЛЕВСКИЙ ДВОРЕЦ
3636060-7863333
28 МАРТА
НАЧАЛО В 19:00
ЮБИЛЕЙНЫЙ ВЕРНИСАЖ
ИЛЬЯ РЕЗНИК
70-летие

問俄羅斯人你們為什麼都不笑？
你怎麼知道我的內心沒有在笑。
俄羅斯人不太會微笑。
但偶爾還是能見到美麗的笑容……

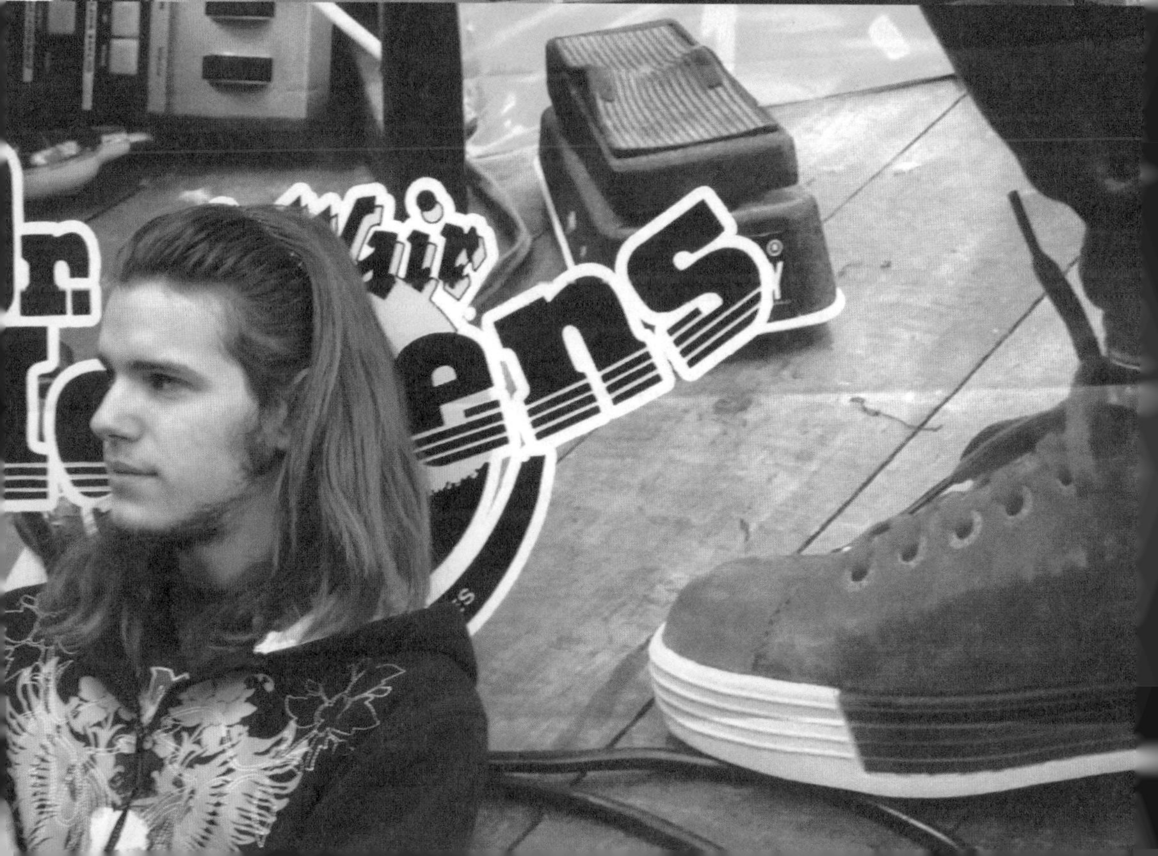

從地下道穿越，搭地鐵。
地鐵擁擠黑暗，我抬頭一看，是因為水晶燈的關係。
水晶燈氣氛雖好，但在擁擠的地鐵站內，
反而顯得十分詭澀……

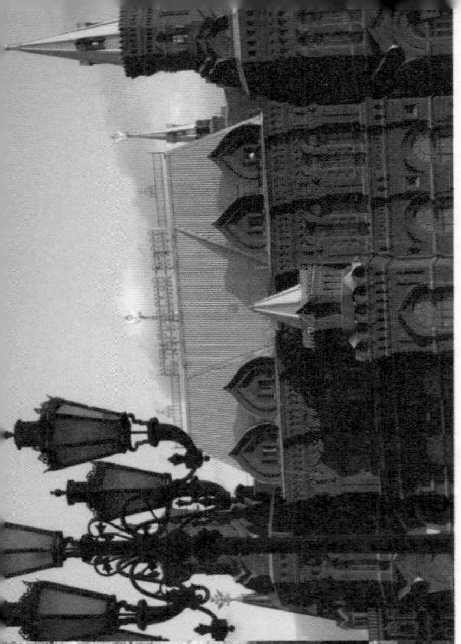

CONTENTS

大文豪與冰淇淋——我的俄羅斯紀行

1 冰淇淋 Ice Cream & Beauty

誰能拒絕冰淇淋的誘惑，連個性本質屬於冷漠型的
俄羅斯人都沒辦法。
吃冰淇淋可說是他們生活的瞬間快感劑。
吃冰淇淋會在腦中分泌幸福感，
通過舌蕾傳達大腦，愉悅的歡樂時光。

我有一口甜牙——俄式回憶

在我還沒長出較為堅強的翅膀好供我飛行的年輕時代，加上當時我旅行不愛拍照，因此對於旅行過的國家其風貌或者我當時所發生過的人事物不知為何都十分模糊。

像是很多年前的某一回泰國之旅，除了在船上吃米粉外，我竟就只記得了錯把五十元美鈔當五元用的地攤購物畫面。像是很多年前我初抵威尼斯清晨，我只記得了裹在霧裡的水色。或者更多年前的羅馬，我記得買冰淇淋時，那個怎麼樣都無法把錢算清楚的小販，我和他在冰櫃前把幾張鈔票推來推去的印象。

還沒長出翅膀的旅者，任時光篩漏點滴，遺忘其他，就只記得零星畫面，卻也因此加深了零星畫面的獨有與深邃。

很多年前初抵俄羅斯那回，我也什麼都不記得了，卻記得了在我前面排隊買冰淇淋的一家子，那個錢只夠買一球冰淇淋，旁邊卻有十隻眼睛焦慮埋伏的中年父親。他拿到那一枚得來不易的冰淇淋，一轉身就是五個孩子的殷殷目光，他一時帶著不知如何是好的窘迫，卻又得裝出非常豪華的表情，他將冰淇淋遞給最小的男孩，冷不防小男孩一張嘴就咬掉了一大口，其餘伺機在旁的小孩張著嘴狀似要哭了，更大一些的孩子眼見就要伸手搶了。裹著笨重大衣的父親趕緊將冰淇淋從小獸的嘴巴中搶救出來，轉而遞給金髮如芭蕾女伶的大女兒，這時這個父親吐出長長厚厚的舌頭，示意女兒用舔的。少女舔著冰淇淋，發出如飢餓多日的天使吃到甜食的歡逸表情，她轉而遞給其他人，就這樣五個孩兒以舔的速度分食了一球冰淇淋。

白雪紛飛，小舖的街坊某處有柴可夫斯基的樂音飄盪松林，柴可夫斯基愛吃冰淇淋嗎？或者我在落腳發霉旅店讀的托爾斯泰是否他也吃冰淇淋？冒著暖氣的空間讓我的喉部十分乾燥，我渴望吃冰淇淋，在旅地的寒冷夜裡。

我在被窩裡想，托爾斯泰吃不吃冰淇淋的無聊問題。耶誕節快至，柴可夫斯基的《胡桃鉗》悠盪耳膜。

這些往事餘音一直迴盪著，於是，我也一直記得了那個剛面臨蘇聯解體的孩子們所夢寐以求的冰淇淋誘惑與騷動，還有那個父親的難挨時光。

今日的俄羅斯躍為金磚四國，冰淇淋的滋味是不一樣了。那時候幾分錢的冰淇淋，現在可昂貴了。（這景況有點雷同遙遠年代台灣小孩渴望蘋果的滋味。）

就像現在我要吃多少冰淇淋就吃多少冰淇淋，不論晝夜，只消往超商的冰櫃一開，冒著如雪魅的巧克力雪糕就被我瞬間撕開它的外衣，融入我的口中。

我是嗜甜食多過正餐的人，隨時隨地我的背包一定擱著巧克力，而我童年吃冰淇淋或者冰棒可比我吃西螺米與濁水溪西瓜還多。

吃冰淇淋或冰棒的回憶遂多，那些回憶幾乎都纏繞著些獨特之人事地，就像我難以忘懷俄羅斯小孩在雪地分食一球冰淇淋的興奮眼神。

小學老師不知為何興起開冰棒工廠。

夢幻冰工廠，當時還興用可食染料，把那些甜水都凝結在細長的塑膠管。食用染料把淌在泥地的水染得紅豔如河床落日。

老師每天一早用摩托車載著一桶冰棒，到許多班級販售。下課時間，走廊到處都有人在吃冰棒。低年級的小獸總是吃得雙手糊黏黏，大一點的男生邊吃冰棒邊玩抓下部遊戲，把白色制服沾得如潑墨畫。沒錢買冰棒的，就看著冰棒流口水，恨不得偷父母零錢好買一根來舔。

我愛吃柔軟甜蜜的冰淇淋，牙齒常吃壞了。後來少男少女流行在小美冰淇淋餐廳約會，用薄薄的杓子輕舀柔蜜冰淇淋，香草與巧克力是當時冰淇淋最常吃的口味。

童年有回過年不知為何和母親在台北，她帶我去台北新公園，很快地疲倦的母親就坐在公園椅上打起瞌睡。我一時感到無聊，遂穿過公園鐵門，向入口掛著歪扭「冰激淋」字眼的小販買了兩球冰淇淋。冷不防我卻在拿到冰淇淋後，一轉身撞到個女人，兩球冰淇淋彈撞而落。她把我罵了一頓，罵我弄髒了她的美麗衣服，我不敢看她，卻怔怔盯著冰淇淋在地上逐漸被陽光蠶吞而逝。

我蕩回母親身旁，她醒來，問我跑去哪了？我悶悶地沒說話。

又大學聯考結束的暑假，許多同學到福樂工廠打零工，做壞的冰淇淋全往肚裡吞，遂胖了三公斤才去當大學新鮮人，好在淡江克難坡爬幾趟就又瘦了。

醉爾思進入母城年代，為了想吃冰淇淋又跑去打工，先練習如何舀出每一球都等重的冰淇淋，在當時首次嚐到蘭姆葡萄酒的超炫口味。再後來是趕時髦吃３１冰淇淋，或者後來留學紐約時，幾乎吃遍超市販售的各種品牌冰淇淋。美國朋友說我有一口甜牙（sweet tooth），也就是嗜甜食者。

還有就是在義大利托斯卡尼的每個午後，沒有吃幾球冰淇淋就簡直無法沈沈睡去。

然吃遍各地冰淇淋，說來我最難忘的還是俄羅斯那一回絕無僅有的回憶。面對當時分食一球的十隻目光而言，我手中緊抓的三球俄羅斯冰淇淋簡直就是他們眼中的夢幻天堂。我像是開著保時捷般，得緩緩行過，好讓他們欣賞到冰淇淋的美麗顏色與圓身。我感覺他們的目光狠狠掃來，而我恍然是凱薩琳大帝的化身，在當時一手擁有多球冰淇淋，宛如是皇室貴族啊。

好不容易在剛解體的俄羅斯排隊買到的冰淇淋，就像是童年時矮身爬進父親午睡的籐椅下，

撿拾從他褲子掉落的幾枚零錢，喜孜孜地在蟬聲騷噪中買了兩球 ㄅㄚˇㄅㄨ，我得緊緊握牢，才能防止其他野孩兒衝出搶啖。

於是，很多年前我就有一口甜牙，嗜食冰淇淋，總是吃到腹痛才停，關於這一點執拗，俄羅斯民族明瞭。

TUTTI
ГОЛУБОЕ НЕБО
МАНГО

冰與火交融——俄式生活

我這個人並非天生憂鬱，
是妳的壞脾氣使我焦慮。
冬天的暴風雪持續咆哮，
雪原的白楊不得不彎腰。
我的個性遠非開朗樂觀，
可是你給我光明和溫暖。
春天的明媚驅散了昏暗。
雪原的白楊又生機盎然。

——伽姆札托夫

殘雪後，原本雪白的大地流著髒水，四處泥濘不堪。所有俄羅斯光鮮亮麗的一面全隱了去，所有的殘酷內裡全暴露了出來。殘雪時分，顯現了俄羅斯的底層實相。

俄羅斯的生活真貌就像殘雪過後的大地。

我在這裡，彷彿有度不完的冬季在等著我的寂寞。冬季如此漫長，雪積盈尺，用手撫觸窗邊，指尖都可以感受那股徘徊不去的冷——凍。

每年三月八日，整個俄羅斯人都在期待「送冬節」的到來，以各種美食與舞蹈饗宴冬神，希望好好把祂送走，讓他們能暫時迎接夏豔陽光。這時候白晝拉長了，時間又多了起來。直到忽然有一天，天色倏然就黑了，他們知道離開的冬神又回來了。

是以俄羅斯人深受季節影響，春天喜悅，夏天激情，秋日傷悲，冬日憂鬱……

於是，他們對時間敏感，但又對時間不敏感。

比如，做事時，他們對時間不敏感。在俄羅斯旅行，深切感受到他們的效率很慢很慢，那種對時間的不在乎，像是對冬季生活的冷漠反應。

到處都有在排隊的人，從買地鐵票到買食物，不是物資缺乏，是效率太慢。他們不太準時，他們總是不和時間競賽，因為反正輪得到你。奇怪的是，有人插隊也沒有人表示抗議，他們習慣「冷」漠。是太冷了，路上所有的人也都縮在頸子下，若是臉和臉相對應，也絕對不給笑臉。要他們笑，很難，何況是對一個陌生人。

冰淇淋和菸酒，才是他們的好朋友，這三樣物品皆能解憂愁與煩悶。

菸酒成了雪國子民的民生必需品，而冰淇淋則成了幸福的甜蜜象徵。

人手一根菸和人手一支冰淇淋成為一種視覺對比。抽菸是為了解悶，但抽完菸口乾舌燥，他們這時候會想吃一根雪糕。在寒天裡，仍五步十步地可以見到路邊小販在賣著可樂汽水和雪糕，雪糕小販和賣菸的亭子幾乎一樣多。就像俄羅斯人不僅習慣寒冷、還偏愛寒冷一樣，他們懂得在嚴寒國度找到享受樂趣，好比熱中於談戀愛，好比在冷冽天氣裡吃冰淇淋，愛情與冰淇淋都是幸福之源。

俄羅斯人只有在買冰淇淋時臉上表情才能解凍，誰能拒絕冰淇淋的誘惑，連個性本質屬於冷漠型的俄羅斯人都沒辦法。吃冰淇淋可說是他們生活的瞬間快感劑。吃冰淇淋會在腦中分泌幸福感，通過舌蕾傳達大腦，愉悅的歡樂時光。

加上室內暖氣導致的喉舌乾燥，吃冰淇淋遂成了尋常之舉。早在俄羅斯人還是農牧業時代，家裡的姥姥就會自製手工冰淇淋與醃製梅與蜂蜜等，俄羅斯對冰淇淋與茶點是不陌生的。

Фестиваль балета
«Dance Open»
БКЗ
ОКТЯБРЬСКИЙ
ГАЛА-КОНЦЕРТ
ЗВЕЗД БАЛЕТА
27
марта
Начало в 19.00
Николай Цискаридзе
и Илзе Лиепа
Леонид Сарафанов
и Виктория Терешкина
Мария Александрова
и Дмитрий Гуданов
Ксиомара Рэез и Эрман Корнэхо
Тамара Рохо и Федерико Бонелли

D&G
Евпатий Коловрат
НОВАЯ ИДЕЯ
ДУЭЛЬ
ПРАВДА
Завтра
МИНУТЫ ВЕКА
РУССКИЙ ВЕСТНИК
СПЕЦНАЗ РОССИИ
СЕРБИЯ: УРОК РУССКИМ
СНОВА ДИССИДЕНТЫ!
«План Путина» как способ укрепления диктатуры

和冰淇淋的甜蜜印象相反的必要物資卻是伏特加酒，酒像是催發了俄羅斯人靈魂的燃燒，是訴苦的對象。

因此伏特加酒是俄羅斯國酒，可不能隨物價波動而亂漲價，否則會民心大亂。伏特加酒是他們心靈的慰藉，讓他們遺忘人生的苦澀，因為伏特加酒本身就是苦澀的象徵。

這看起來無色卻極其烈性的伏特加酒，彷彿是俄羅斯人內斂的個性延伸。

就這樣，他們日日在冰與火的冷熱兩極裡，在冰淇淋與伏特加的甜蜜與苦澀裡，度過了人生無法避免的宿命長冬。

我在街頭看過好幾次年輕男孩女孩喝著「白開水」，他們為了躲避警察臨檢，所以把酒裝在保特瓶裡，看起來像是在喝開水般。

醉臥街頭的酒鬼是常見的生活風景，雪水和酒精像是俄羅斯人身上流的血液般熟悉，他們是俄羅斯人生活的天使與魔鬼，既使他們昇華也使他們墮落。

大雪延緩了時間，酒精催發了時間，俄羅斯人唱著，時間啊時間，我該臣服於你嗎？

只有這時候他們對時間敏感，當愛情來臨時。

只有戀人會在意時間，他們知道青春就是愛情的資糧。俄羅斯人在愛情裡看見時間，在花朵裡也聞到時間。

俄羅斯人喜歡花，喜歡花到願意花比一頓飯更多的錢來買花。

花就像冰淇淋，都是能帶給他們生活滋味的幸福代替品。是在黑白大地裡，唯一能夠讓他們生活色彩繽紛的物質。花槁賞視覺，冰淇淋饗宴味蕾。

而愛情，是直驅他們內心的虛幻花朵。

ЕТРО

ПРОХОД В

我走在寒風裡，總想著趕緊回到旅館。因此也不免會想著，要是沒有愛人，那麼俄羅斯人的生活一定是更加苦悶。俄羅斯在室內的時間就和冬季一樣漫長，沒有愛人之屋，其寒冷更甚。

俄羅斯詩人寫道：愛情無需獎賞，因為獎賞就蘊含在愛情當中。

但真實的俄式愛情生活卻是需要獎賞的，因此只要晃蕩到街頭，就看見男人買花給女人。到百貨公司走走，也盡是看見俄羅斯女人在作指甲美容，或者拉著男人去逛名牌皮包。

當然，這是「新俄羅斯人」。

新俄羅斯人，站上了共黨解體後的經濟顛峰，當年他們用極少的錢收購了證券，搖身一變成為鉅富，今天更拜油價飆漲之賜，有些人一躍成了全球排名前幾大的首富。

誰料得到今日啊。

此地已成貧窮者的地獄，冬日時有耳聞老人凍死在外被野狗吃了的消息。此地也是富裕者的競技場，要買一小盅鱘魚烏魚子要花費台幣兩萬六千元，要吃一頓一客一萬元以上的沙皇早餐還不一定排得到。

但文化呢？所幸從來不曾離開這塊土地，不論它是窮是富。

許多城市在迎接市場經濟大肆興建百貨商場與名店城的同時，他們也不會忘記要去維修博物館，重新興建更多的作家、畫家、音樂家的故居。

俄羅斯的居所

在俄羅斯生活，人情冷暖和季節一樣分明，然而他們的藝術也和季節一樣讓人深刻難忘啊！

那是組合屋盛行的年代，因為赫魯雪夫推行每個家庭都要有個住所，且每一家都要有廁所和冰箱。

結婚還能再獲得補助，許多人就結了又離了。

冰箱其實是赫魯雪夫的政治「智慧」，當然不可能為每個人家買冰箱，但他幫每個人家的窗邊「鑿」了個方形冰洞，赫魯雪夫利用冰天雪地的氣候，鑿了冰洞，稱為天然冰箱。

於今到處仍可見到組合屋，牆薄為其特色。現在俄羅斯最缺的東西就是房子，最貴的東西也是房子。

我詢問當地留學生，每個人都吐舌喊貴。他們只好住宿舍，但得忍受宿舍的吵，有錢一點的搬出來住，據說是一房一衛，兩千美元，果然昂貴。至於房價，他們搖頭說，根本買不起。若以台灣的距離來折合換算，大約在烏來的區段房子，二十坪售一千萬台幣。

他們都是在預售屋階段就賣光了，交屋的時候只有房子的殼。

我聽了不解，只有房子的殼？

原來俄羅斯建商交屋是不附窗戶和衛浴等設備。

連窗戶都沒有叫做交屋，且還趨之若鶩。這就是俄羅斯人今日對房子的需求若渴。

房價的昂貴當然也不難聯想到「旅館」的所費不貲。

俄羅斯旅館即使標榜四星級都讓人失望。四星級倒像是我們的一、二星級，破舊霉味，空空然，只有一塊小肥皂，連熱水壺都沒有，卻十分昂貴。住一晚兩百五十美元是很尋常的事，七、八千台幣是平常的價錢。可以想見位在紅場周邊的旅館之昂貴了，所謂六星級的莫斯科飯店一晚約莫兩萬台幣。而且可能我寫下來的同時，價錢又已向上修正，物價不斷攀升，窮人只好肚子勒緊，看緊荷包。

這絕對是一個昂貴的旅程！

紀念品是文化地理的延伸符號

每個國度都有它的文化所延伸的物件，長期以來形成了關乎一個國家的符號象徵。比如以色列的猶太燭台猶太帽、中國扇子、上海廣告美女月曆、日本和服、峇里島紗麗和木雕、印度刺繡、突尼西亞沙漠玫瑰石、尼泊爾銅器佛像、捷克水晶、巴黎LV、土耳其玻璃香水瓶、義大利皮件……

我看著我家，有如是地理的延伸，世界很近，都在我家。長年以來，它們帶著異國情調給予我許多的時空想像。旅行結束時，我通常都會買一、兩樣紀念品，以紀念這趟旅程。

俄羅斯位處高緯度，天寒地凍裡只見針葉林密佈視野；它的地質是屬古老岩層，礦產豐饒；美豔的俄羅斯女人常是纖纖玉手上戴著水晶或寶石戒指，一旦入室脫去大衣，即露出雪白的胸前掛著閃閃發亮的寶石墜子。

我住的Cosmos旅館對面就是俄羅斯展覽館，展覽館是由許多不同的建築合成，每間展覽館展示販售的物品皆異。唱片、布品、家飾品等皆各有一館，有時從旅館出來閒走，我會走到專門展示寶石等各種飾品的展覽館，欣賞各種美豔的戒指項鍊，和各種女人擦身而過。

俄羅斯的物品符碼當然以俄羅斯娃娃最負盛名。隨處可見的白樺木，讓俄羅斯取之不盡。白樺木的木材質地十分輕軟，因而被他們用來刨空製成俄羅斯許願娃娃，也有人叫它套娃。中空娃娃，內裡可套上多層同造型的小娃娃。娃娃外表衣服和裝飾的彩繪圖決定了價錢，名家手繪自然高檔。每一組由最少的五個以至二十數個不等。傳統的造型皆為女娃娃，不若現在隨著政治開放而有了歷屆總統的套娃。葉爾欽、戈巴契夫、赫魯雪夫、史達林和列寧組成的套娃顯得十分俏皮可愛。

傳統俄羅斯娃娃是當地少女用來許願的對象。她們許願後，直到願望實現那天才會打開內部娃娃。她們認為這些娃娃，希望能早日重見天日，必會盡力幫助，讓許願者的願望早日實現，也好讓她們早日出來透透氣。也因為這樣俄羅斯娃娃又叫許願娃娃，當人們一個娃娃裝上另一個娃娃，一層又一層的把娃娃給套了進去時，最小的娃娃就被「套」在裡頭出不來了。當願望達成，小娃娃才能出來。聽起來，這些娃娃彷彿具有生命似的。

賣的俄羅斯人這樣地解釋，而我聽了倒起了雞皮疙瘩。

好像我們這些人是人口販子似的，買的不是木雕娃娃，而是活生生的「娃娃」。

他們叫俄羅斯娃娃Martyoshka。

無法拒絕美麗，我這回也買了兩個俄羅斯娃娃，和一頂軍人氈帽。俄羅斯娃娃在我精挑細選下，選的是每個娃娃都各有不同的畫法，依序排出，可以排出一個童話故事。

俄羅斯的漆器和同是聞名於世的墨西哥比較起來，各有不同。我個人以為俄羅斯漆器偏重色彩的鮮豔與造型的簡單實用。墨西哥的漆器偏重畫工，細膩繁複，可以當收藏。俄羅斯漆器則可當日常用品使用，這是我去過兩個地方的一種簡略比較。但木盒漆器則另當別論，許多木盒彩繪都可說是藝術品，愈小愈精緻，畫工很細。

除此，在大市集或是景點到處可見賣琥珀的紀念小攤，琥珀真假難辨，價格雖低，品質卻差，假貨也充斥其中。我倒是頗偏愛小木盒，外表彩繪得如一幅畫的木盒，躺在玻璃櫃裡等我拿走。我偏愛繪畫花鳥的小木盒，帶有東方的色彩。

俄羅斯的陶瓷畫還展現在飾品上，陶瓷畫項鍊、陶瓷畫錶鍊，讓喜歡華麗飾品的我簡直是看得驚嘆。

只是連價格也常讓我驚嘆卻步。

俄式的平民奢華風俄羅斯咖啡館與冰淇淋

落腳的旅館大廳有兩間咖啡館，咖啡館白天是生意人看電腦談生意之地。入晚，就成了廉價妓女與高檔妓女釣人之所。

難怪，咖啡廳早年被文學家們視為是跨越資本主義世界的污穢縮圖。

這昔日的污穢縮圖卻成了今日我在俄羅斯最常蒞臨之處。

俄羅斯最著名的連鎖咖啡館是「咖啡之家」（KOΦE XAy3），他們叫這咖啡之家為俄式星巴克。

星巴克咖啡館在我抵達前正好開了兩家，一杯咖啡是我們價格的一倍半，不便宜，但每天俄羅斯的年輕人都喜歡在阿爾巴特街的星巴克聊天說話或做功課。

但我喜歡的是咖啡之家的咖啡。這裡的咖啡雖是義大利式的，但冰淇淋卻是十足俄羅斯式的。

有許多套餐組合，比如點一杯咖啡配一塊蛋糕或者一球冰淇淋。

每天來咖啡之家報到，是我在俄羅斯少有的美好時光。

俄羅斯咖啡館不禁菸，最多是劃分吸菸區與非吸菸區。但癮君子一多，整間咖啡屋就瀰漫著菸味。

有時我也會改喝茶，俄羅斯炊茶搭配一個鹹的派，也就解決了一餐。

至於吃冰淇淋，我最喜歡靠近基輔車站的歐洲商場所賣的水果冰淇淋，每種口味的冰淇淋都

Cafe

ВРЕМЯ
ЛЮБИТ!

КНИЖНЫЙ СУПЕРМАРКЕТ
ДВК
BOOKS/CD/DVD
СУВЕНИРЫ ОТКРЫТКИ КАЛЕНДАРИ
SOUVENIRS, POSTCARDS, CALENDARS
МОДНЫЕ УКРАШЕНИЯ
РУССКИЙ МИР
HOTEL
VANITY 70
Dior

好吃，只是價錢不便宜，一球台幣近百元。

火車上老婦人賣的雪糕，也好吃。今日俄羅斯的火車，像是我們的古老年代，還保有小販在列車上販售各種物品的風情，從賣被單到賣五金，什麼都有，什麼都賣。

於是，搭火車的一路上，睡意總是會被小販那種近乎精彩的「行動藝術」表演打斷。真的是十分具有表演性質的販售，他們練就一套對產品的介紹說詞與介紹示範，妙語如珠，但卻臉上毫無表情，既沒有要進一步推銷的意思，也沒有強迫人觀看的動作，他們只是一列車一列車地行過，停頓，然後彎身拎起了包包，又離開。

這一批人還保有共黨時候的氛圍，一臉嚴肅，但絕不對人彎身乞討。

可敬的一群人，同時他們的「表演」真的是近乎「藝術」啊。於是我總是興味十足的看著，欣賞著。可惜，除了買雪糕吃吃外，其餘的東西我都是帶不走的，一個旅人，帶不走的東西很多很多，包括同情，包括感情……

旅人要很輕很輕，才能飛得遠。

馬戲團

走進這一帶，空氣就不一樣。

要看見俄羅斯人笑，有三個地方——他們談戀愛之地，他們買冰淇淋之處，還有就是去看馬戲團。

夜晚這裡的空氣格外顯得輕鬆喧鬧，燈光輝煌如白晝。

準備等會兒要進場的馬戲團豔麗女生正牽著一匹駱駝緩緩地走在大道上，路燈照映在女郎與駱駝身上，金燦燦地，他們的背後是車水馬龍的大道。那一剎那，像是費里尼的電影跑到了我的現實生活。

好一幅超現實畫作。

馬戲團本身就是個「超現實」的產物，因此人們喜歡，兒童更愛。行經而過的小孩，晃著大人的手，嚷著要騎駱駝。女郎停住移動的駱駝，大人遞給女郎鈔票，然後女郎和另一個工作人員將小孩往上一抱，接著就看見小孩坐在兩個駝峰之間，視野高高地俯瞰著我們，神情很得意呢。

我一路行經這有著小孩尖叫的戶外遊樂場，來到環形如蒙古包造型的空間買票。

我仰看著類似羅馬環形劇場的馬戲團位置，每一排的價錢都不一樣，我想要麼就是買最貴的，要不就是買最便宜的。選位置時，排我後面的大陸人直嚷著怎這麼便宜！

買了一百塊最便宜的票進場，最便宜就是最遠最高的外圍位置，然我還頗喜歡，好像連在場的觀眾也是我觀賞的表演者之一。近乎千名的觀眾齊聚，在音效與高昂的氣氛下，將馬戲團弄得高潮迭起，尖叫連連。走鋼索、騎單輪、丟飛盤、小丑喜劇、獅子大象小狗海狗等雜耍表演，我這旅途充滿疲憊的眼睛也捨不得片刻闔上眼皮來。馬戲團且結合了他們擅長的芭蕾舞等精彩舞劇表演，因此有時也像在看一場精彩的秀般。際遇好的芭蕾舞者是去芭蕾歌劇院當表演藝術家，際遇差的就跑到了馬戲團當雜耍表演人，藝術家十分需索「際遇」的青睞。

俄羅斯人從十七、八世紀就已經有看馬戲團的歷史了，馬戲團也常出現在小說的情節裡，馬戲團漸漸地像是他們生活的一部分了。

馬戲團是俄國人的夜間娛樂生活，馬戲團的超現實表演拉拔著他們的想像力，他們這時候遠離了寒冬的沈重與高物價的壓力，夜晚作夢都會微笑呢。

РОССИЯ, ВПЕРЕД!
За стабильность и достойную жизнь!
2 марта – главные выборы страны!
ЭР2Т-712112
ДЕНЬГИ
МЕСТА
ДЛЯ ПАССАЖИРОВ С ДЕТЬМИ
И ИНВАЛИДОВ
МИЛИЦИЯ

我要在此千年——俄式之美

熱愛詩靈酒魂的俄羅斯人，天生也是美學的高手。

他們天生愛美，生活不能無美，即使墮落沈淪也要美麗。

他們本身就是美的化身，典型的俄羅斯人是有北歐血統的，金棕髮色、雪白皮膚，深邃五官加上一雙剔透藍眼睛，美得很冷很酷很有型。長年居住在冰天雪地的國度，使得俄羅斯人給人冷酷、溫靜之感。隨意聯想的形象皆如此：影星娜塔莎金斯基、芭蕾舞星巴瑞希尼可夫、網球明星安娜庫妮可娃……連俄羅斯總理普亭都是型男。

俄羅斯人可以因為「美」而改變宗教信仰。據悉他們會改信東正教，正因為來自於拜占庭教義的儀式十分華麗，因為儀式的「美學價值」讓他們得以體現了宗教藝術之美。

行經他們的街道，每一棟古典華麗的建築似乎都在企圖告訴你：「我要在此千年。」

色彩斑斕的洋蔥尖頂教堂與俄羅斯古典主義的建築在眼前交替而過，細數旅途所見的建築美景，不外和宗教勢力和皇族權力二者有關。紅場的聖瓦西里教堂、聖三一教堂、聖彼得堡的復活教堂皆名聞遐邇。宏偉的冬宮夏宮，金碧輝煌，奢華絕代，標誌凱薩琳大帝和彼得大帝的燦爛時光。華麗的巴洛克混搭歐洲新古典風情與希臘石柱浮雕樣式，使得俄羅斯在一片歐風潮流裡，仍能樹立一格。

史達林時期的現代建築，被稱為史達林蛋糕，以層層而上如蛋糕揚名，莫斯科大學、烏克蘭飯店可見。

宗教的力量也影響了俄羅斯美術，俄羅斯的美術最常見「聖像畫」和「聖像屏」。置放在教堂中央的聖像屏是東正教獨有的宗教藝術風格。

路邊廣告，芭蕾舞劇、音樂劇像是家裡的八點檔連續劇般尋常可見。

在實用的藝術品方面，以手工藝的陶瓷和木雕彩繪與飾品見長，俄羅斯家具和餐具也很可觀。俄羅斯人喜歡「鍍金」，鍍金工藝繁多，繁複的洛可可風格以及帶有哥本哈根新藝術色彩的設計很受歡迎。

這個民族很獨特，不服輸，吃苦耐勞，韌性很強，但侵略性也很強。有人形容俄羅斯是一隻漂亮的北極熊，可不能讓牠餓著了，不然牠可是會伸出牠的熊掌往你一揮。

但這樣堅毅的民族性一旦發揮到藝術上就可以說是淋漓盡致，近乎偉大了。

從硬建築到軟建築（芭蕾、繪畫、音樂、文學、工藝等等作品）無一不是以壯觀華麗拉開序幕，他們就是要告訴你：「我要在此千年。」

抵達莫斯科之美

紅場和聖瓦西里教堂

轉了幾班地鐵之後，走出地鐵出口的剎那，抬頭見到紅場聳立的建築時，心裡旋即冒出一個聲音：「傳說中的美麗廣場終於在眼前了。」

聖瓦西里教堂幾乎是所有視覺定焦之處。

喀嚓！喀嚓！喀嚓！即使冬日旅人稀少，但仍不斷有路過的鏡頭瞄準了它。

這聖瓦西里教堂有如洋蔥的圓頂建築已成了俄羅斯國族地理的辨識符號。少見的輕盈色彩，鑲嵌的馬賽克拼貼與精緻雕刻，遠觀如童話城堡，近看又具深邃藝術之美。

這座教堂在結構上是以四方形交疊構成平面，在方形基座上建起大小不一的塔與蔥形圓頂，融合拜占庭宗教藝術與羅馬建築元素，使得聖瓦西里教堂吸引了所有來到紅場旅者的目光。

然而美麗的事物大都有殘酷的背後真相。

比如布拉格舊城最美的鐘樓，打造鐘樓者被皇帝下令弄瞎眼睛，以免他再為他人打造同樣的鐘。同樣的聖瓦西里教堂命運也如出一轍，恐怖伊凡也將建造這座教堂的建築師弄瞎了雙眼，為的是不讓他再建造一座同樣美麗壯觀的教堂。

東正教源自拜占庭帝國，數百年來在俄羅斯不斷衍義發展，從而有了獨立的面貌。在建築風格與美術工藝上尤為突出，而聖瓦西里教堂本身就是一種藝術了。

每座教堂內的中央都有聖像屏，聖像屏是由許多聖像畫排列組合而成，這屏風有一種隔離之意，將後方的聖場與前方的凡界區隔開來，所以只有東正教的僧侶可以行過聖像屏的門扉。

我是凡界人，我確定自己和這扇門無緣。

這聖像屏的由來，說來是東正教教堂獨有建制，且在教堂見不到雕像，因為東正教不准出現，所以看不見任何一個立體雕像，因而改採繪畫、壁畫或馬賽克鑲嵌畫。

也因此造就了平面宗教藝術的發達，於是在教堂裡得不停地轉動小腦袋，看著天花板四面牆上和地上的精彩宗教工藝作品。

馬賽克畫都很鮮豔，而採用源自義大利文藝復興的濕壁畫教堂就顯得十分晦暗。這種濕壁畫有種歲月凋零的美感，濕壁畫是用水性含礦物的顏料繪製的，日久色澤會隨著牆壁的剝落而跟著褪色，因此斑駁處處，和歲月同老，也顯得一種無言美感。

只有藝術品是愈老愈美，人呢，卻完全是個例外。

看看在聖瓦西里教堂旁名品商店走動的美女，人和歷史景觀成了強烈對比。

青春與老朽，一如俄羅斯的兩極色差。

紅場的風總是很強，從莫斯科吹來的冷風直灌入大衣領口。

行至斷頭台時更有寒意錯覺。

就在聖瓦西里教堂前，有個圍起來的圓形斷頭台，在冬風裡，看來十分陰森，但其實它從來沒有在此執行過血腥任務，據說沒有人的頭曾在此斷過。

在紅場一帶隨意一晃，時間就飄走了，巨大的紅場把我的時光旅程快速轉動。

冬日的夕陽降下得快，很快就到傍晚時分，一抬眼，紅豔冬陽投射在建築的玻璃上，整個古老建築沈浸在光輝裡。路人漸稀，此時的莫斯科，忽然勾到旅人的寂寞深淵，這整個國度的蒼涼美感湧上心頭。

來到久違的美麗紅場，畢竟是不虛此行。

克里姆林宮

很快地，手邊的觀光簡介書資訊就不能用了。

不論是有關車資或博物館票價與開館時間都有了巨大變動，觀光書籍的資訊絕對跟不上俄羅斯的物價波動。

比如今天，到了克里姆林宮售票之處才發現「每週四」此地公休閉館。無奈，我來的這天就這麼剛好是週四，只好下回再來。俄羅斯人說，其實克里姆林宮在週四公休已久了。為什麼是週四？他們說在俄羅斯不需要理由。

俄羅斯許多大鎮都有克里姆林宮，唯獨莫斯科的克里姆林宮最為壯觀，教堂建築群如視覺博物館，賞之不盡。

大家都來看教堂，大天使教堂、救世主教堂、聖母解袍教堂、聖母領報教堂……，還有和巨大的沙皇加農炮合影。

加農大炮像是遠古化石，竟因為一個錯誤的設計（永遠也無法發射）而成為日後一個觀光客必然朝聖合照的景點。

離開克里姆林宮，往左行經莫斯科大學的亞非學院，再往前走就是亞歷山大斯基花園，前面有一盆被稱為「永恆之火」的不滅火焰正燃燒著，火焰的後方是紀念無名戰士的墓塚。俄羅斯許多地方都有不滅的永恆之火，想來是各地都有戰士亡魂。

火焰旁站有兩個穿灰色軍大衣的俄羅斯軍人，所有的觀光客都把相機對準了他們，不過他們絲毫未動

精神與物質並置——古姆百貨公司（GUM）

莫斯科的「物質」都因為建築而被轉化成「精神」般的存在了。

不論是華麗的古典超市還是這間位在紅場旁的古姆百貨公司，讓逛者置身其中會被建築物所吸引，從而將物質性提升成精神性。

我還沒進入室內時，就先被兩個畫面吸引。

彼時陽光正灑落在古姆百貨的櫥窗，Dior的霓裳花衣映著對岸的古老教堂，櫥窗凝結的物質與精神畫面剎那交會。

另一美景是如此昂貴的櫥窗竟出現美麗的笑容，一家知名的服飾店正好有女店員在為櫥窗女郎換衣，女店員看我在拍她，露出甜美的笑容。

說真的，那是我這趟旅程最美的一張笑容。

我很少看到如此美麗的俄羅斯女生對陌生客手中的相機微笑的。

在外面拍足了照片後，走進古姆百貨，中午的陽光穿過天花板玻璃，影影綽綽的光流，很快就安定了我的疲憊神經。

我喜歡在古姆百貨的三樓喝咖啡吃簡餐，走道旁有來來去去的時髦女郎，個個美豔有如在走時裝秀。

四處飄著香水味。

在勝利廣場　撼我心弦的雕塑景觀

來莫斯科的人很少會來這裡閒逛，但我非常驚訝勝利廣場吸引我目光的雕塑景觀具有如此撼人的力量。

戰爭亡靈從墳墓堆裡復活。

先是墓碑，接著人慢慢從墓碑裡爬起，整個像是骨牌般的反推，從躺至站起，雕像具有十足的撼動美感。

這些雕像的人站立在整座空曠的公園裡，像是俄羅斯千年的繁華孤寂，在冬日裡顯得如此沈重。

俄羅斯結婚的新人常常會去對英雄亡靈獻花，這和我們一般對亡靈的認知不同，俄羅斯人覺得向英雄亡靈獻花會獲得他們的保佑。於是，在勝利公園肅穆的雕像前，置著豔麗的花朵，形成強烈對比。

整座公園在冬日竟無人跡，直至走出公園迎向凱旋門時，才見到一些路人。但我正納悶著為何這麼一條大道上，在傍晚顛峰時間竟無車流時，忽然就見到一排警車引導前行的幾輛黑頭車呼嘯而過。

原來是總統大人的座車經過，封鎖了街道。

俄羅斯警方很有權力，在封街之前若要拖吊車輛是連告知一聲都沒有的。常常是車主明明停在停車格卻還是被拖吊，「想拖吊就拖吊。即使在停車格。」當地人說。這倒是讓我看傻了眼。包括剛剛看到總統行經的陣仗，街道竟得封鎖，其他車不得同時行經。在台灣頂多是警車開道，但沒聽過必須封鎖街道好讓總統座車先通過的。

悲愴人生——柴可夫斯基

從列寧車站搭火車前往克林，抵達時間還早，遂在車站小店吃著鮭魚布林尼餅，喝了杯咖啡。

距離莫斯科約八十公里的克林（Klein），有著柴可夫斯基的故居。抵克林車站，才下車就見到柴可夫斯基立在月台的雕像。

「再也想不到還有什麼地方比這裡更適合居住了！俄羅斯的鄉村景觀具有十足的魅力，這些魅力可以說是筆墨難以形容的。」柴可夫斯基曾這樣讚美克林。

晚年的柴可夫斯基失去了密友梅克夫人的資助，感情也遭到重大打擊，不知他是如何走過生命的幽谷。他的故居井然有序，音樂手稿完好地躺在玻璃櫃中。

音樂家的人生不是愉悅的，他的精神永遠處在敏感中，對聲音極度敏感，甚至曾經產生幻覺，而在人生的情感上也因而帶些奇異的病態感。

他和其他俄羅斯藝術家一樣，不喜歡離鄉，只要離開家，他就覺得痛苦，往往陷入思鄉之痛。音樂家連聽到別人自殺的事都會痛哭，也曾因此患上嚴重的精神官能症。

柴可夫斯基個性孤僻，三十七歲前都保持單身狀態，有人遂傳他是同性戀。柴可夫斯基頗為苦惱，某一年他的生命出現了一個狂戀者安東妮娜，他怕拒絕她的求婚會殺死一個生命，結果訂婚一個月就同安東妮娜結婚，但結婚就是劫數，因為安東妮娜本身就是個精神病態者，且對柴可夫斯基的音樂一無所知，柴可夫斯基哪裡知道會有這種下場，離開家後，還大病一場，終於在別人的幫忙下結束這場婚姻。

這段婚姻成了他一生的大陰影，柴可夫斯基認為這一生大概只有音樂才是他的真愛了。

後來他又遇到另一場和瘋狂戀情相反的柏拉圖愛情，他遇到知音梅克夫人，這梅克夫人只要求柴可夫斯基寫信給她就好了，「只要聽著您的音樂就會活得更輕鬆和愉快些。」

就這樣，柴可夫斯基在克林寫給梅克夫人許多信，且接受梅克夫人贊助給他的生活與創作年金。

這通信竟長達了十四年之久（也因為只有通信才能維持這麼久），他們談音樂，談友誼，談愛情，談慾望……

這些信躺在克林故居的玻璃櫃裡。

梅克夫人是有錢富孀，她在晚年裡尋找愛情的精神慰藉。

所以他們不能見面。

十四年後，梅克夫人卻突然中斷聯絡與資助，且在信裡說：「不要忘記並要不時地想起我。」柴可夫斯基神傷不已，且受到極大心靈傷害，他感到這幾年像是被貴婦「包養」。

三年後，有人告訴柴可夫斯基，梅克夫人快死了，梅克夫人的兒子敗光了家產，梅克夫人患了嚴重的精神分裂症。

柴可夫斯基若有所失，往後他在克林的時光也在恍惚中度過似的，且後來得了霍亂，臨死前從昏迷中醒來重複呢喃的名字就是梅克夫人。

這段愛情，讓梅克夫人寫進了柴可夫斯基的歷史裡。

克林這間故居與環繞的樹林，見證過這段知音式的愛情存在。

光憑高度的欣賞，就足以成就彼此的「文字音樂」戀情。

在感情世界裡經歷風暴的柴可夫斯基，卻和兩個雙胞胎弟弟感情很好，在故居裡也見到他為弟弟準備的房間。

房間掛滿了照片，包括柴可夫斯基的老師魯賓斯坦、家人等，他一直是嚮往家居生活的，因此離家對他是痛苦之事。但上帝並不給他家庭幸福，落得他晚年在這間屋子裡孤獨地彈著鋼琴，守候他的是他的繆思。

作家最美的角落是書房裡的手稿，音樂家最撼人的角落就是鋼琴擺設之地。柴可夫斯基的鋼琴擺在客廳，安靜亮眼的黑色如鑽石。

他在這間房子寫下最後的一部交響曲——第六交響曲，就是著名的《悲愴》，悲愴完全是柴可夫斯基晚年的寫照，又絕望又苦澀。

陽光下躺在玻璃櫃內的樂譜，似還在彈跳著節奏。

難得的夕照露臉，映在冬雪上，忽然身處在這個音樂巨神的屋子裡，感到有些悲傷。

克林這座小城除了柴可夫斯基的故居可供憑弔流連外，小城本身並沒有太大的吸引力，除了有些豪宅錯落其中外，景致大抵是單調的。連餐廳都不太有，於是，離開柴居後，搭了巴士來到車站，接著就搭火車回到莫斯科了。

彼得大帝小屋的卡洛緬斯可也莊園

沿莫斯科河畔，地鐵的末站下車，再走十幾分鐘就會丟開莫斯科市區的擁擠。

佔地三百多公頃的卡洛緬斯可也莊園在冬天裡，所有的露天市集都銷聲匿跡，但這樣反而讓莊園呈現少見的寧靜之美。

這片莊園原本就是沙皇所有，在十六世紀時就已經開發了許多聚落。這裡曾是皇室成員夏日的度假勝地，因此保有十六世紀以來的教堂與木屋建築。

這是在我的莫斯科市區行程裡，出現的少見清閒與緩慢旅程。

可能因為莊園的樹景多，四周植滿佔地廣大的蘋果樹，這些蘋果樹吸引莊園附近的姥姥們前來此撿「免費」蘋果，還把蘋果拿去街上賣。

低矮的蘋果樹後方是成排的瘦高白樺樹，俄羅斯人常折白樺樹的樹枝當作熱蒸浴時拍打身體用，這是很獨特的俄羅斯浴。

在風景裡，一眼就看見白色石造教堂，在莫斯科河與樹景的襯托下，十分潔淨。這座耶穌升天教堂建於一五三二年，莫斯科所見的教堂都是以華麗裝飾風格為主，很少見到這麼純淨白色的教堂，我置身其中，感覺恍如歐洲，遺忘了就在河的另一邊，冷漠的莫斯科就在眼前。

厚重圓形木頭所蓋成的彼得小屋，是彼得大帝在此度過童年時光的歷史遺跡，到現在都還保有十七世紀的建築樣貌。

冬日的皚皚白雪厚厚地積在屋頂上，屋簷下凝結成冰柱。

我喜歡這裡甚過莫斯科市，我喜歡蘋果樹與白樺樹，我喜歡有河流的城市風景，這會讓我想念我的家。

КАССА

前進聖彼得堡之美

涅瓦河莊嚴的河水，河邊的花崗岩河岸、鐵製細緻的花紋，在欄杆上，透明的黯黑，以及在您沈思夜晚的無月夜光下，那時我在房內苦讀或筆耕，只是沒有明燈，無人的沈睡大街被照得格外清晰……

——普希金〈青銅騎士〉

普希金的詩大量描述著這座與他生死與共的美麗靠海城市。聖彼得堡是美麗的，帶著簡潔的美麗，也帶著神秘的美麗。走在聖彼得堡我很安心，它的城市佈局與型態都有著近乎格律詩之感，街道、河流、建築……組合著井然有序的城市風光。

這座新城，建城不過三百多年，聖彼得堡是彼得大帝、伊莉莎白女皇、凱薩琳大帝輝煌功績的展示場，彼得大帝遷都於此，也締造了俄羅斯近代的輝煌史。隔著芬蘭灣就可眺望北歐，大小涅瓦河匯聚成的三角洲地帶，營生著繁華之都的子民。而不過十八世紀時，這裡還是一片沼澤呢。

聖彼得堡是一座水城，總面積五百多平方公里中，水的面積就佔了十分之一，於是，我冬季來到北國，生活此城，日日感到氣溫一天天地和我的體溫共舞。在這裡，攝氏零下幾十度的低溫就像體溫般尋常。

凡水必結凍，涅瓦河像是被上帝之指凝住不動了，整座城市被雪吸音，顯得安靜。

我很訝異聖彼得堡是如此地歐化，簡直就和我所去過的歐洲大城沒有兩樣，而俄羅斯人也以此為豪。基本上我覺得俄羅斯是喜歡說自己是歐洲人，他們不喜歡當亞洲人。就好像他們喜歡金髮的北歐血統者，不喜歡帶有中亞黑髮的人。

聖彼得堡最美之處在於它的美是親和的，是舒坦的。聖彼得堡當局也知道觀光是這座城市的財源命脈，因此下令聖彼得堡人要多學英文，好賺觀光客的錢。所以聖彼得堡比莫斯科容易旅行得太多了。

莫斯科有莫斯科河，聖彼得堡有涅瓦河，但莫斯科河沿岸只有冷漠的建築或者遼闊的風景，卻沒有可資閒逛的人文感。

涅瓦河畔就不一樣，這條河幾乎是聖彼得堡市區的風景與人文命脈。

我在聖彼得堡幾乎天天走在涅瓦河畔，遊晃涅瓦河畔是我在聖彼得堡愜意時光。這條河幾乎是聖彼得堡城市之美的縮影。夏日遊河，冬日賞景。整條涅瓦河畔咖啡館和景點林立，我喜歡的詩人安娜・阿瑪托娃故居、普希金故居博物館、俄羅斯美術館、血腥教堂（基督復活大教堂）、卡桑大教堂、文學咖啡館、書店、畫廊……都在這條河畔上。冬宮、十二月黨人廣場、亞歷山大柱也在不遠處，一個人閒晃此區，完全可以聞到自由的旅行空氣與樂趣。

尖頂、圓頂、大街、拱橋，都成了聖彼得堡的城市背景，遂有人稱之「北方威尼斯」。而我卻覺得不像威尼斯，因為威尼斯有種小巧頹廢古老之美。而聖彼得堡不是，聖彼得堡處處壯美，處處新穎，也沒有城市下陷的危機感，相反地，這座俄羅斯第二大城卻有種高高在上的文化氣質。

怪不得聖彼得堡人常笑莫斯科人「沒文化」，而多金的莫斯科人也反唇相稽聖彼得堡人「鄉巴佬」。

看來，誰也不服誰。不過，我喜歡聖彼得堡的人與觀光的方便性，但卻喜歡莫斯科的複雜與龐大無解的奇異神秘。聖彼得堡簡單多了，沒有太複雜的個性，城市規劃也簡單，對旅人多所善意。

說來雙城是各有千秋。

PATRIZIA PEPE
FIRENZE
Набережная канала Грибоедова, 18-20 patriziapepe.c

白綠冬宮

昨天和今天都在冬宮。太壯大了，根本無法一日覽盡。所有來聖彼得堡者，絕大部分都為了冬宮而來。

冬宮花園懸掛廣告旗幟，為的是展現冬宮的珍品。其中以林布蘭特的〈花神莎絲姬雅〉旗幟最吸引我的目光，這花神其實就是畫家的美麗妻子，大師林布蘭特將妻子描繪得有如羅馬神話中的女神，技巧高超外，感情也十分細緻。

冬宮是由伊莉莎白一世花了八年才完成，由以彼得大帝功業繼承者凱薩琳二世將其發揚光大，是凱薩琳二世所締造的最重要遺產。

但讀歷史，也才明白，藝術的偉大背後總是沾滿血腥。

一八三七年一場大火燒毀冬宮內部，在冬季許多建築工人酷寒而死，在夏季又有許多人在熱天裡病倒了。還有個畫家很倒楣，在天花板彩繪時，從梯子上摔下來，從此躺臥在床。

冬宮是由義大利名建築師拉斯特雷利所設計，美麗的巴洛克建築就矗立在市區王宮廣場上，是目前已知世界上最大的皇宮。冬宮以數字來驚嚇參觀者：佔地九公頃、共一千零五十七個房間、一千九百四十五扇窗戶、一百一十座樓梯、一百七十六個雕像等。

光是在入口處的寄衣處就有二十幾間，每間又有上百只可供懸吊的衣架，足見此地可容納的參觀人數之多了。

我走到第十個房間時，就已經頭昏腦脹。

冬宮著名的隱士盧，與巴黎羅浮宮、倫敦大英博物館、紐約大都會博物館，並列世界四大博物館，是俄羅斯重要藝術收藏中心。館內收藏近三百萬件世界名畫及珍藏品，包括梵谷、高更、莫內、畢卡索、馬諦斯的畫作，以及米開朗基羅、羅丹等珍貴雕塑作品。

曾有人算過，說如果要將冬宮的藝術館藏仔細地一一欣賞完畢，竟得花上至少十五年以上的時間。十五年我可以寫很多書，一定不會在這裡看畫。所以當然只能重點參觀了，比如不可錯過華麗無比的接待廳，一定得一生一次置身在金碧輝煌的彼得廳、徽章廳和孔雀廳等，喜歡金色閃亮的俄羅斯人，讓人目眩神迷。而西洋美術當屬拉斐爾的〈聖家族〉、達文西所繪製的〈聖母像〉與〈聖子像〉，法國畫家馬諦斯的〈舞蹈〉、〈音樂〉、雷諾瓦〈搖著扇子的年輕婦女〉、梵谷〈草叢〉、畢卡索〈苦艾酒〉和林布蘭特的作品最讓我流連，當然這是我個人喜好的偏見。

關於在冬宮，我還有另一個不為人知的喜好：我喜歡站在冬宮的蕾絲窗邊欣賞前方的運河雪景，若有絲絲陽光投射進來時，那更是最美的天然美景角落。我還頗喜歡冬宮的紀念品店，紀念品頗為精緻。

冬季因參觀者不算多，且又被空間給分散，因此一個人置身在如此超大型的博物館，會有迷路走不到出口的徬徨錯覺。有時突然轉進一個幽暗的收藏房間時，會被坐在角落一隅的館方監視老婦的暗影給嚇到。俄羅斯的所有博物館都是用老婦來當藏品監視員，但她們常常坐著不動，或者有時竟也打起了瞌睡。

黃白彼得夏宮

沒有彼得大帝，就沒有今日的聖彼得堡了。所以彼得大帝的夏宮，在聖彼得堡的地位也顯得尊榮，是一座環伺著榮光光暈的殿堂。夏宮亦位於涅瓦河畔、距離冬宮幾條街遠。其宮殿外觀是以歐式的亮眼黃、白相錯之色彩為主體，建築之外最為人稱頌的是花園還有金色雕像的各式噴水池、人工瀑布，可說是俄羅斯宮廷花園名聞遐邇的代表作，因此向來有「俄羅斯的凡爾賽宮」美

譽。不難看出俄羅斯人一直喜歡把自己的國家當作位處歐洲，他們喜歡當歐洲人，因此一切都在模仿歐洲。

彼得夏宮內部的擺設想當然耳依然是處處金亮，俄羅斯的黃金年代，處處是巴洛克和洛可可的裝飾華麗氣派，他們喜歡一切都鍍上金色，金色確實是華麗而溫暖，如此似也可隔絕外界的嚴冬酷寒。當步上鍍金扶梯後，即抵舞會大廳，映入瞳孔的又是鍍金的雕花窗櫺，抬頭是天花板上巨大的美麗彩畫鉤住我的目光。

藍色凱薩琳宮

我請聖彼得堡當地旅行社幫我找的俄羅斯英語導遊艾琳娜，是我在此見到少數氣質出眾又和善的中年女人。艾琳娜曾經是英語老師，現在改當導遊，因為錢比較多。她說話好低好低，我常得十分靠近她才聽得見她說的話；如果我是男人，可能會被她引誘。

南郊沙皇村內的凱薩琳宮，以華麗建築和富麗堂皇的裝潢聞名於世，與冬宮博物館、彼得夏宮，並稱聖彼得堡三大宮殿。

說來任何的國家宮殿都是以「豪華壯觀」為取向的，宮殿是一種權力輝煌的示現。俄羅斯傾向打造的皇宮皆是以當時流行的歐風為主，因此建築語言不難解讀，一眼就能看出是以典型巴洛克式為建築主體再融合歐洲古典主義。內部是一廳接著一廳，廳廳相連，但卻各有風格。從寬敞的接見大廳、騎士廳、畫廳等，處處可見極盡奢華之美的黃金雕飾。

在室內常見到自己的身影，處處鏡面環繞，光可鑑人。

每個人來凱薩琳宮，必然是慕名琥珀廳而來。

全以琥珀打造的廳堂，十分細緻壯觀。這琥珀廳有世界八景之稱，旅遊書這樣寫，雖然我也不清楚八景是哪八景，不過這也不重要，通常這樣介紹都只是為了凸顯其「珍貴性」。

然現今所見的琥珀廳之琥珀卻非凱薩琳大帝當年所造的原件。

琥珀廳在二次大戰期間，遭德軍洗劫，整個廳的琥珀全數被挖空而消失不見。於今的琥珀廳是前蘇聯時期和現在的俄羅斯當局花上了二十四年的時間，動用了六噸的琥珀才得以恢復原貌。

俄羅斯人說，這面子他們丟不起，無論要花多久的時間與多少的琥珀，他們都得恢復原貌才行，而俄羅斯人真的做到了。

也因如此珍貴，琥珀廳是禁止攝影的，只能買買明信片過癮。所以即使我已花錢買了攝影票（俄羅斯到處都得付錢，但付錢卻不一定能符合期望），比如走到這一廳就有個嚴肅的老婦盯著我手裡的相機不放，深恐我會偷拍。

凱薩琳宮收藏無數油畫作品，這都是拜凱薩琳大帝之賜。不過，凱薩琳大帝熱愛收藏畫作的真實動機據說卻是出於「惡意」，因為她不想讓其他歐洲的皇帝們也獲得這些油畫作品，基於「不讓別人得到」的惡意，竟促使了凱薩琳大帝總是大手筆收購畫作。

惡意竟也可以成為美意。

凱薩琳大帝也是情人一堆，御用男人不少。雖貴為大帝，但女人總還是女人，看她在凱薩琳宮的出爐情書就可得知一斑。

艾琳娜找出一本英文解說，她將凱薩琳情書的一小段唸給我聽：「我的愛人，早安，就像每天的早晨，我在皇宮所見的不過都是些人形的畜生，他們把我隔絕於你，使我無能進入你的寢宮，我現在隔著相思之河，想念著你，也為你的健康祈禱著，我的愛人，不離不棄……」

凱薩琳大帝的文字讀起來頗柔情，冷酷的女皇帝也有小女人的幽微之處。

凱薩琳宮所在的沙皇村，佔地廣達五百多公頃，也是歷代沙皇狩獵及度假的行宮，庭園有小橋池塘和雕像群，四周是森林與花園，十分幽靜。

皇宮周圍四處在冬日一片白雪皚皚，一望無際。

沙皇村十分安逸，偶會讓我有不在俄羅斯旅行的幻覺。

艾琳娜說普希金讀過的沙皇中學在不遠處，我想起剛剛巴士行經沙皇村入口，從窗外有見到詩人普希金立在風中的雕像。

從莫斯科到聖彼得堡，普希金雕像是最常見的，由此可見其地位。

等巴士抵達前，我和艾琳娜在小攤販前買吃的，她推薦我買傳統包內餡的俄羅斯包子，第一次吃俄羅斯包子還頗可口。至於艾琳娜竟然買的是雪糕，她說剛從室內乾燥之地走出，因此在雪地裡，吃支雪糕是最過癮的事了。

果然，俄羅斯人愛吃冰淇淋。

連氣質絕佳的艾琳娜也無法抵擋誘惑，竟在戶外雪地裡吃起冰淇淋來。

我見到她可見血管流動的白皙臉孔，一時之間散發出幸福的溫熱神情。

使我不禁也想在雪地裡吃上一支雪糕來。

在巴士抵達前，我也買了支雪糕，撕開塑膠包裝，巧克力雪糕立現，在白雪陪襯下，巧克力的黑，忽然成了最美的色澤。

2 旅途手札

Nina's Journal

走到窗邊，大雪正落著。以指探觸玻璃，冰冷。
午夜驟降的雪，十分安靜。
我一直喜歡看雪，看著無聲墜落的白雪，如默劇。
窗戶封鎖，不能打開，密閉空間隔絕了街外聲音……

兩地相思

離城

我離城時，這座城市天色才剛脫離黑暗，在我的前方逐漸甦醒。

妳不可以喝咖啡？

妳是不是常熬夜？

醫生問。出發前我發生嚴重食道逆流，強酸從無法閉緊的胃賁門湧上，侵蝕著我的食道。

每回旅行前，總是在打點著各種藥包。

不過一旦啟動旅行，我就發現在旅途裡可以漸漸把藥包丟掉了。

旅途裡我較少生病，反而定點生活時，毛病都出來了。也許旅行注定成為我生命的藥包。

已然靜滅的身後，送行人已經背對，成為窗外的一個小黑點。

如星辰般閃爍的跑道燈停妥一架飛機，我即將被它吞沒。

這次的旅行，竟無由地感到害怕。

登機後，我常盯著航空小姐的表情，像是可以從她們的動作看出什麼危險的端倪。我怕有不測，怎會有這樣的牽掛？對於一個識途老馬？可能因為生命有了新牽掛。

無法見光的新牽掛，成為我旅途的心牽絆。

我希望這新牽掛可以綿延成「永恆的舊牽掛」。

轉機

轉機韓國仁川新機場，很舒服的機場，讓轉機的時光顯得不那麼漫長與無聊。免稅商店沒有一處想逛的，名牌包名牌化妝品名牌香水名牌眼鏡……都是這些東西。人流疲憊地拖拉著腳步或者小推車來去，他們不斷地流轉在亮燦的商品排列架前，每個人都恍如水蛭般的黏在其上。而我則獨自地走在迷宮般一塵不染的走道，感覺這一切像是虛擬的空間。

直到我走到幾間開放式咖啡座，聞到咖啡香，才遠離了虛幻感。選擇我所熟悉的au bon pain，在此點杯咖啡和一個貝果吃，坐著閒想，等待另一架飛機把我吸進又吐出。

轉機是異質的時空。

像是第三度空間，既不是故里也不是異鄉。

邊搖動著手邊的咖啡，邊望著旅人拖著行李與免稅商品從我眼前流來流去。

這旅行，像是不得不思念的愛情，每隔一段時間說不旅行了，結果又跑出去。旅行的反覆詠嘆調已經在我生命裡生根。曾經，我深情一些旅地，因為它們有過我長長的注目與生活的痕跡。我反覆去過的城市有紐約巴黎舊金山托斯卡尼。曾經，我反覆處心積慮想飛走，最後都只徒留相思。

一再地去某個地方，都是因為人，歷史的人物。像是巴黎，普魯斯特、海明威、亨利米勒、畢卡索、莒哈絲、卡蜜兒、西蒙波娃、沙特……去一次怎麼夠。像是義大利，費里尼、卡爾維諾……去一回怎麼能。像是紐約，百老匯、美術館、蘇活、西村……去一遍怎麼行。

屬於我的旅行反覆病症，想來都是心儀這些已故的大師歷史現場才染上的病症。

這回，我又將染上什麼樣的美麗病症？

俄羅斯，如此深沈的國家。我還沒抵達，就已經忐忑不安。我從來沒有像這一回這樣忐忑不安。我甚至有點害怕搭飛機，深怕飛機墜了？我竟十分牽掛，一點也不瀟灑。

從來不曾有過這樣的旅行矛盾心情：既想安居，又想看世界。

Новая Нежная
туалетная вода
ange ou
dé
Новинка в
Л'Этуаль
НЕВСКИЙ ПРОСПЕКТ
M
PATRIZIA PEPE

抵達

機場通道帶點昏暗，完全感受不到這是金磚之國。

入海關極慢，沒多少人，卻搞了很久。

入夜的機場海關，海關人員都想回家，更顯得不耐煩，但奇怪的是，這不耐煩卻不會增加他想快快結束的做事效率。

為我代訂旅館與鐵路車票的當地旅行社接機的人一直沒找到我，是我先發現了他，原來掛有我英文名字的看板上，寫的是Mr.（先生）。

旅行社司機一直在張望一個東方男子，沒想到出現在他眼前的是個小女子。

而我忽然在剎那才想起我訂的這家旅行社Intourist，和當年還沒成為建築大師的「安藤忠雄」年輕時來到俄羅斯旅行所訂的旅行社竟是同一家。

忽然想起這樣的巧合，而對Intourist有了些好感。

我在台灣時沒聯想到，人來到俄羅斯才想到以前讀過安藤忠雄寫過這一段往事。Intoutist以前是國營的旅行社，所以歷史悠久了。年輕的安藤忠雄來俄羅斯旅行時，俄羅斯還沒解放，還是一片赤化的土地，所有的遊客一舉一動都受到約束外，旅程時還會有一個兼任觀察員的導遊跟在旁，自助旅行者也都是在團體行動下旅行的。

很慶幸的是，我現在可以一個人旅行。
剛抵俄羅斯，想起的人竟是安藤忠雄。

機場至飯店頗遠，足足開了一個多小時。

飄雪的站牌前有幾個俄羅斯美女在等著有人來接她們離開這寒冷之地。

來接我的司機是個瘦小的年輕人，倒有點像是法國人。少見的沈默，也無笑臉。我第一次看見接機的人有這樣寒冷的表情，但很奇怪，這寒冷表情也不讓人討厭，好像他天生就是這樣的堅毅與沈默，他一點都不想故作微笑，即使他擔任的是旅館的接機工作。

抵達宇宙四星級旅館，見不到大廳有服務生，連行李都得自己拿。

＊　＊　＊

午夜，乾醒，咳醒。

只聽見時鐘滴答滴答如巨響，取來板凳，將牆上時鐘拿下，摳出電池，時鐘掛點。

走到窗邊，大雪正落著。以指探觸玻璃，冰冷。

午夜驟降的雪，十分安靜。

我一直喜歡看雪，看著無聲墜落的白雪，如默劇。

窗戶封鎖，不能打開，密閉空間隔絕了街外聲音。

午夜醒來，很靜。

手機閃著亮光。

有原鄉的簡訊，不是情人，是陌生人。

擾人的廣告隔海叫囂。

＊＊＊

我必須早點上床，才能和你一起作夢。

兩地相思，時差七小時。

跳躍時差，你睡我睡，重疊在夢裡，讓夢曝光。

＊＊＊

這恆是幽暗的水晶燈，每個人都黑壓壓的。

共黨的淒苦色彩猶似屋外殘雪。

殘雪是俄羅斯富裕面貌下的殘酷真相。

＊＊＊

房間極其溫暖，暖至口渴至極。

旅館為了安全，窗戶無法打開。

眼皮一進屋子就想闔上，躺到床上。

＊　＊　＊

從地下道穿越，搭地鐵。

地鐵擁擠黑暗，我抬頭一看，是因為水晶燈的關係。水晶燈氣氛雖好，但在擁擠的地鐵站內，反而顯得十分晦澀，甚至讓人昏昏欲睡。

莫斯科地鐵密密麻麻，十一條線，一天可以輸送一千兩百萬人次，龐大的人潮在地下移動，顛峰時間地鐵三十秒一班都還是如此擁擠，當然這和莫斯科地鐵車廂較窄也有關係。

深度廣大，較之擁有超高地鐵密度與深度的日本還深上五倍之多。

四處都高，連廁所馬桶都高些。

矮子到這裡，會被巨大的空間對照而更顯得矮小起來。

俄羅斯人喜歡巨大偉大的東西，他們是站在巨人肩膀上生活的人，他們知道這世界沒有白白掉下來的東西，得努力去爭取一切。

莫斯科地鐵起建於一九三一年，他們蓋地鐵簡直是全民總動員，在五年期間號召了全國各地男女勞工與紅軍等青年共一萬三千多人一起建設。二次大戰結束後，俄羅斯且將德國戰俘留下來繼續挖地鐵。我看了這樣的旅行資料，不禁想要是當年台灣也把日本人留下來，也許早有了地鐵，當然這純屬想像的好玩。

莫斯科地鐵有地下宮殿的美譽，水晶燈下的馬賽克畫和濕壁畫與雕像，具有十足的藝術裝飾性。基輔站、白俄羅斯站、馬雅可夫斯基站都是我在莫斯科旅行時常轉車之站，每一站都有特色，甚至我以為俄羅斯人很擅長適合設計水晶燈呢。

＊　＊　＊

去商場買東西，商場外有個袋鼠標誌，是莫斯科著名連鎖超市。當地人遂叫它「袋鼠超市」，在這裡採買水和水果餅乾等，因為飯店「什麼都沒有」。

買了雪糕吃，想吃吃看俄羅斯冰淇淋的獨特之處。奶香味特別濃，我的舌蕾這般傳達。

＊　＊　＊

俄羅斯當代的小說家尤里波利亞科夫在小說裡曾寫道：「當時必須在高爾基街排兩個小時的隊，等著進賣咖啡和冰淇淋的店。……現在莫斯科餐廳四處林立，想要吃中國菜？給你，日本菜？請便！義大利菜？

沒問題。……沒有什麼品嚐不到的。」

看到這個段落我就會心一笑了，是這樣沒錯啊。

什麼都有了，唯獨沒有「金錢」。資本主義最匱乏的不是物資，而是鈔票。

＊　＊　＊

物價指數高漲，幾個月，當地停車費就從四十元，七十元，到一百元……持續往上攀升。他說。

停好車後，台北駐俄羅斯文化組李組長撥冗一天帶我晃晃，這是我在俄羅斯的旅程裡唯一一天搭車遊街。

因為大市集沒有人帶無法一個人走。「連當地人都很難一個人，何況是初來此地的外國人。」

入口處有座遊樂場大門，直如迷宮般的大市集，無法想像的超大型市集，集結上千家商店小販。

最外圍的區域是觀光客較常去的，賣的也是觀光物品，木雕漆器、俄羅斯娃娃、古董、瓷器、酒壺、軍用品、織品和聖像畫等，以及共黨時期的物品，列寧的肖像和紅星軍帽手錶也都常見。

愈往裡面走，愈是集結著更多關於食衣住行的便宜物品，從蔬果到衣服鞋子等等皆備，此地可見到大量的越南人、華人和中亞人。

突然肚子有點餓，遂向華人買了幾個包子，一個十元盧布。

走在狹窄的市集小路，常得閃躲快速拉著貨物跑過的推車，他們多是漢子，拉車速度極快，要是不小心被他們撞到，可能也會人仰馬翻。

他們就是市集特有的「交通」景觀，是專門幫各個市集攤位搬送貨物的「拉貨人」，他們靠勞力推著物品，腰桿都難以撐直，把人當牛馬般載貨，這些人一天大概可以賺個八百一千盧布。

這座超大型市集大約是我們的士林夜市的上百倍大，本來屬於莫斯科大學的地產，最初只是借用，但卻淪為莫斯科市長夫人和商人勾結的產物。光大市集的年收入就可以締造二十億美金的收入，所以莫大是收不回去了。

＊　＊　＊

聽當地留學生小志說，我來的這陣子因逢俄羅斯大選，所以也有其他媒體來訪，我駐俄羅斯代表招待他們到很高級的餐廳用餐，言下之意是，怎麼「代表」沒有請我。

我笑說，因為他們以為媒體比作家重要，殊不知媒體不就出現個幾天罷了，新聞雖只是煙花，但新聞的殺傷力也大，所以他們得好好善待之。

＊　＊　＊

晚上十點半，飯店大廳許多角落都坐著衣服穿得極少的女人。她們展示乳溝與翹臀，那是她們欲圖販售的風景。

我一個人孤單地上電梯，正要關上，一個男人進來，他打量我一眼，我沈著臉，怕他找我說話。老邁的電梯把我送上二十三層樓，男人繼續上樓。我想他不是俄羅斯人，俄羅斯人基本上不太對人好奇。

上午打開門，整個樓層靜悄悄地，我想昨夜的妓女早上都離開了。我聽見錯身的男人用英文聊天說著，上床的女人當屬義大利女人最好，俄羅斯人還可以，東方女生也不錯，不過比較沒那麼狂野。

儼然是世界女人評比的美學家口吻。

走到餐廳吃早餐，已經不早了，趕十點餐廳關門前想去喝杯咖啡吃點水果。走道上迎面和我錯身的是飯店管鑰匙的中年女人，聽說她們都和沒有住房的嫖客（或者有太太同行的房客）分贓，只要付她一些錢，她會免費開一間空房間供他們使用。這間旅館在俄羅斯也是以「獵豔」著名，我不知道為何華人都住到這裡來？我多次看見大陸老男人在和年輕的金絲貓討價還價，那些嘴臉……

但在台北時，旅館的錢已經付清，而俄羅斯旅館房間常客滿，看來我也沒得換了。

於是，俄羅斯四星以下的旅館總給我很「杜斯妥也夫斯基」之感。俄羅斯其實一點也不靠近托爾斯泰，托爾斯泰太近乎聖哲了，俄羅斯人似乎承擔不起這樣的光輝美好性格。他們比較接近杜斯妥也夫斯基，冷漠老成，臉下藏有說不完的故事。

飯店大廳忽然湧進許多人，他們的身上都掛著記者採訪證，都為了這次俄羅斯總統大選而來的記者群。

他們連到餐廳用餐也還懸吊著記者證，唯恐別人不知道他們是擁有特權的一群人。

其中一個男人和飯店櫃台的肥胖女人大吵著。

「微笑！妳會不會微笑！」男人用英文大聲說著，同時用手在嘴邊比畫著上揚的姿態。

對，俄羅斯人不太會微笑。

他們不知道微笑的力量，他們以為這世界永遠都是站在「強者」這一邊。有時他們跟在我的身後踱步，我總有一種他們是拖著棺材行步的沈重錯覺。

* * *

去圖拉小鎮拜訪托爾斯泰的故居恐怕是逗留莫斯科期間最美好的一天。雖然一路上行駛的高速公路簡直如坑洞公路，車子隨時都會彈跳起來，但見俄羅斯人仍然睡得好好的。

圖拉小鎮看起來有些貧窮感，褐灰石和陰鬱天空相映，更顯寂寥。帶著冷霧與冷雪，像是還在沈睡。

托爾斯泰故居一整天下來只有兩個旅客。故居裡面的那些管理員

老太太們，看我們走了，也跟著下班了，距離館方關門時間還有一個多小時，她們在此依據的不是時間表，而是純感覺行事，感覺四點後不會有瘋子來看托爾斯泰了，所以就可以堂皇地關上門。好在我趕著三點前來到，不然就關門了。托爾斯泰故居外有間小書房，賣書卻像是在開銀行，將書深鎖，得在小小窗口指著玻璃的書，要賣書人將書拿出才能翻閱之。

難道有人會搶書？若真有人要搶書，我一定讓他搶。

托爾斯泰故居命名晴園，但冬天大雪深鎖。晴園旁的餐廳倒是很可口，價錢也便宜。餐廳窩著幾個家庭主婦，我猜想是當地婦女合開的餐廳也說不定。

＊　＊　＊

這次住的旅館比我以往一個人四處旅行時已經好太多了，但卻無法擺脫我的窘境。

因為這趟旅程一開始就注定難纏。莫斯科被《Lonely Planet》旅行書評為很難一個人自助旅行的前五大城市，我完全可以體會其中之難。

光是當地人不微笑這件事，就夠一個孤單的旅者「心裡」受苦了，更遑論交通或者惡劣天候了。

但我知道俄羅斯將會是我旅行紀念簿裡值得記憶的座標。

旅行要有些出乎意外的旅程才會深刻，就像愛情。
但刻骨銘心的愛情，往往一次就夠了。

＊　＊　＊

受東正教的歷史文化薰染，俄羅斯的藝術也陶治出一種華麗的藝術特質，工藝品多具鮮豔色彩，在雪地裡一眼望去，也成了美麗的人工風景。大市集有許多攤位專門賣「共黨時期」的物品，其中以共軍的軍事用品和列寧等相關產物最具買氣。過去這些物品罩上鐵幕的神秘感，現在則成了徹底懷舊的物件。蘇聯解體後，許多人就把自家的東西拿出來賣，成為跳躍至個體戶新經濟活動的好出路。我繞了一回大市集，買了喝伏特加的銀色小酒壺與子彈模型的打火機。看來已沒有什麼舊物了。

＊　＊　＊

看到警察攔檢一個臉孔長得像是中亞的男生，警察把他拉到大樓的角落。
看來男生的護照沒有過關，我回頭見到男生正掏著錢要遞給警察。
俄羅斯邊界臨二十幾個國家，他們說，偷渡客跨個邊界就走過來了，我們當然得隨時檢查護照。
問題是，檢查和收賄是兩件事。

Разработано для жизни
КТО

連開車被開罰單，都可以給警察錢了事。這樣一來雙方都高興，因為被開罰單者也沒有紀錄，且也比正式開單的錢少掉一半，警察又樂得省事又有錢拿。

莫怪乎俄羅斯的「法治」還是最為人詬病。

＊　＊　＊

私房車就是搭便車的拇指車，但要喊價付費。俄羅斯沒有不要錢的東西！我又再次想起這句話。

這次搭上的私房車，是個藝術家，順路載路人一程。莫斯科很多人都願意順路載人，反正塞車，順便載人還可賺錢。

＊　＊　＊

公共廁所或是流動廁所都要付錢，各種價錢都有，從八塊到十五塊不等。

紅場旁古姆百貨公司內部廁所不僅免費且充滿貴氣，是少數莫斯科善待旅人之地。

＊　＊　＊

妓女在晚上十點後就陸續在飯店大廳的咖啡館上坐著獵人。

年輕女生露胸，露大腿，確實很吸引人。

她們想吸引的是落腳旅館的男人，釣上男人後，她們連旅館都不用找了。

一小時一百美元，妓女價錢。

我算了算，我得賣超過一百本書才有這樣的金額，一百本書我可要賣很久啊。

＊　＊　＊

旅館有色情表演和賭場，使得大廳日日出現著各種奇怪的人士。

晚上坐在大廳一晌，耳朵便傳來各種音流，小瑪莉吃角子老虎……，叮叮咚咚的代幣與機器的聲音交會而過，仔細聽，還有坐在沙發與咖啡座的女郎在試圖釣凱子的各種呢噥低語。

在俄羅斯「賭」是合法的，俄羅斯人嗜賭，他們的個性裡頭有一種賭性，大文豪杜斯妥也夫斯基也是最有名的賭徒，他的作品裡常出現賭局，主人翁也常因為賭而輸掉了人生。至於色情，在俄羅斯則屬法律的灰色地帶，他們雖然沒有明文非法，但基本上不會取締，相反地大家像是都說好了似的見怪不怪，一致默可的買賣行為。

＊　＊　＊

俄羅斯人尋常生活苦悶，戶外又冷，因此他們很愛逛百貨商場，奢華美麗的百貨公司有古姆百貨、Tuzm百貨和歐洲商場。

Mega百貨則位處偏遠，有點像是高雄夢時代的超大型版本。

每個女店員臉都很臭，尤其是名品店，看見像我們這類的「貧窮背包客」，根本連瞟你一眼都懶。

唯獨有著俄羅斯古典主義精神的古姆百貨建築與新穎流線感的歐洲商場倒是十分吸引我的目光。

* * *

搭地鐵在最後一站下，往麻雀丘走，忽然莫斯科的城市景觀就被拋在後面，會錯以為到山林郊區遊走。

麻雀丘位處高地，經過山林小徑，穿過幾個冰湖，抵高點有纜車，可眺望莫斯科大學。

風光顯得遼闊。

整片白樺樹很壯觀，白樺樹是俄羅斯的聖樹，以前俄羅斯女生還會用白樺樹替自己算命，這在我聽來很奇特，台灣是算命之島，但沒聽過用白樺樹算命的。

中午在一家韓國餐廳吃飯，頗道地，服務生也和藹可親。吃了石頭鍋飯和喝一杯咖啡加小費，約五百多盧布，在俄羅斯是屬便宜的。

日本的壽司成功打進俄羅斯，但吃一個手捲壽司就要三百盧布以上，對我這種旅者根本碰不得。

＊　＊　＊

只要在地鐵停格一陣，就會聽見人潮與腳步聲如海浪襲來。看來莫斯科人也習慣適應聲音與天氣了。尤其是寒冷。他們耐寒，下雨天從不打傘。除非身上穿了皮草。

天氣好時，動物皮草每天在眼球裡迴盪，大街上四處賣貂皮貂毛的圍巾和帽子。貂皮圍巾其實是一整隻貂，貂頭還掛著，我看了覺得恐怖，但有人以為美麗。

每個俄羅斯女人都希望擁有一件上等的皮草大衣。

於是我站在街頭時，看著人從我身邊錯開，我的腦中忽然跑出了一句話：每個人的身上都掛著另一個生命的「曾經存在」。其實不獨皮衣皮草，就連香水也是。我們擦香水時，其實擦的就是植物的「曾經存在」。

＊　＊　＊

留學生小志這天對某俄羅斯人大發脾氣。

他說，俄羅斯怕惡人。

我開玩笑說，其實留學生當久了，也會有變形人格。

因為總覺得凡事都被欺負。於是易怒、節省（久了要小心成寒酸）、看不慣很多事。

但留學俄羅斯真的又特別辛苦，凡事得去爭取。

他說前幾天為了繳學費去銀行領錢，排了快兩個鐘頭，他前面還有十幾個人時，銀行突然拉下鐵門說，沒錢領了，被領光了。

俄羅斯國家儲蓄銀行，真不敢置信。他說。

我也覺得不可思議。

以前以為只有印度不可思議，現在俄羅斯也是。

* * *

莫斯科以詩人命名的馬雅可夫斯基地鐵站，是我最喜歡的一站莫斯科地鐵站。詩人的詩句全以馬賽克拼貼在天花板上，隨著電扶梯扶搖直上，眼簾慢慢地浮映出詩句，最後電扶梯把人送上頂端時，就端然看見馬雅可夫斯基的銅像了。

愛之船已撞上生命的礁石，沈沒了。

我不斷地想著馬雅可夫斯基生前最後的一首詩。一九一五年他竟愛上了朋友的妻子莉莉，往後十五年，他就一直活在痛苦的三角關係裡，

連死因都成謎。

一九三〇年，他在桌上留下「勿因我死而怪任何人，也勿閒聊此事。」另有一張寫著：「莉莉，愛我」的字條後，他用手槍結束自己的生命。

一個被史達林譽為「蘇維埃世紀最具才氣的詩人」，敵不過得不到愛情之椎心之苦。

這個車站有著詩人暈染著光。

他的詩句全都在我的瞳孔裡燃燒起來。

妳我互不相欠，何必開列
彼此的苦難，創痛，憂傷。
你瞧世界變得如此沈靜，
夜晚用星星的獻禮包裹著天空。
在此時，一個人會想起身
向時代，歷史，宇宙說話。

馬雅可夫斯基是詩人也是畫家，他的詩著重視覺的排列與形式感，這和他喜歡未來主義的畫風有關。

這重新打造的馬雅可夫斯基站，於我是莫斯科地鐵中最富深邃意義與詩意的一站。

＊　＊　＊

普希金博物館和普希金沒關係，只是以他為名的一間博物館。普希金美術館一帶可以欣賞的景點多，旁邊就是私人收藏美術館與救世主基督大教堂。

在還沒去聖彼得堡冬宮前，會覺得這間美術館已經夠大了。而普希金美術館在收藏品數量上也僅次於冬宮博物館。

是夠大啊，一入門就有點紐約大都會博物館的味道。如神殿的廊柱、三角形山牆高聳，長廊矗立著多座大型雕刻……，十分氣派。大國就是大國，搞個博物館絕不能輸美國，逛得我十分疲累，常得找個地方歇歇。

從古代藝術的埃及、希臘、拜占庭、羅馬，一路看到中世紀歐洲藝術，文藝復興藝術，巴洛克藝術，再到近代較熟悉的繪畫，像是塞尚莫內梵谷雷諾瓦高更……。俄羅斯流亡畫家作品，我最喜歡的夏卡爾和康定斯基的作品也都在此，這是來到普希金美術館最大的收穫。

＊　＊　＊

問俄羅斯人你們為什麼都不笑？

你怎麼知道我的內心沒有在笑。他們的回答，如禪。

＊　＊　＊

迎面的小孩都穿粉紅色的羽絨衣，大人卻都是穿得黑壓壓的。我們長大了，就不敢再穿那樣粉彩的顏色？為什麼？是因為生命沈重？還是自覺年華逐漸老去？

少年江湖老。

屬於我的江湖是一條和別人都不一樣的路。

＊　＊　＊

過去，這城市到處都是紅色，革命同志向前進的標語滿街。

現在，這城市到處都是金色，企業廣告向錢進的廣告密佈。

＊　＊　＊

今天走在莫斯科市的南區，又經過了普希金博物館，看見救世主基督大教堂金色的洋蔥聳立天空。

上回因為風雪太大，沒走進救世主基督大教堂，這回天氣尚可，就走進救世主基督大教堂看看。這是一間新教堂，十九世紀初打造的那間教堂已經被史達林破壞殆盡，直到一九九五年，莫斯科市長才又耗資三億多盧布，花費兩年多時間重新原址打造。那時俄羅斯的經濟已經漸

Литературный
Петербург

漸露出春天端倪，光是這間教堂的圓頂金箔就用掉一百多公斤，而內部壁畫為了還原十九世紀的模樣，足足又花了三年光陰。

俄羅斯是一個不斷和時間競走的民族，他們耐等，凡事都可以慢慢還原。不知道是不是因為這樣，所以許多時候總是得大排長龍，連買個地鐵票或者買個漢堡都是。

現在俄羅斯總統即位典禮常都在此舉行，夏日更會見到許多俄羅斯新人到此拍結婚照。不過，冬日的這午後，只有三三兩兩行經。

救世主基督大教堂的背後更有可看之處，有一座中世紀的木屋小教堂被保留下來，新舊教堂對比的視野更具歷史圖像。

離開教堂，沿著莫斯科河走，遇見了彼得大帝征服瑞典的巨大雕像和一座巧克力工廠。

我比較喜歡巧克力工廠，庶民的甜蜜生活，這豈是彼得大帝征服者之流所能體會的……

＊　＊　＊

留學生小志和他的朋友成了我這次旅行的顧問。

其中有一個台灣女生嫁給了俄羅斯人，她的經驗頗為有趣。她說和先生去買預售屋，四處奔波看房子，賣屋者完全要買不買隨你便，因為你不買，隔天就有人買，俄羅斯現在最缺的就是百貨公司與房子。星期天問的價錢，到星期一就漲了，「怎麼有錢人這麼多啊？」聽了都疑惑起來，但這是事實。

她又續道：等到交屋時才發現俄羅斯賣房子只賣殼，連窗戶、馬桶和水龍頭都沒有。

一間家徒四壁的二十幾坪郊區房間竟然要價將近一千萬台幣，且完全沒有殺價餘地。

不過，如果買下來要轉手，馬上價格就又漲，看來應該到俄羅斯炒樓。

＊ ＊ ＊

天氣太冷，泡澡堂成了當地人熱愛的活動。總是要用松枝或其他東西把自己敲打得面紅耳赤或者皮膚通紅才會離開澡堂。

行經澡堂，走出來的人都像是從度假區「曬傷」回來。

沒去澡堂，一來莫斯科價錢不低，二來還常得排隊，三來懶得脫衣服。

＊ ＊ ＊

遇到的老俄羅斯人大都無法忍受現在的物價水準。

聽聞一個朋友說起當年他的爺爺在國營公司當經理，工作五十年退

休金竟然只有一百美元。

* * *

走回地鐵站時，我再次讓幻想飛翔著。迎面而來的路人都捧著花，俄羅斯人十分喜歡花，因為他們生活的大地是不開花的，他們只好去買花，好讓生活多點繽紛色彩。

賣花的人大都是彼此長得很像的中老年婦女，她們把花抓在手上賣著，有時我懷疑她們手裡的花會比她們都還早凋零。她們多無腰且肥胖，看起來是如此堅毅，絕對不輕易抽動她臉頰的神經，最多就是喊幾句多少錢。

倒是在聖彼得堡靠近杜斯妥也夫斯基的故居街道曾看見賣花的大卡車。

也許我手裡的相機實在是朝他們拍太久了，賣花的卡車小販在清理所賣剩的殘花時，對著我的鏡頭微笑起來。

在俄羅斯只有底層的人會對陌生人微笑。

我細數了這趟旅程陌生人投給我的微笑：

維修地下暖氣管的工人、賣花人、乞討者、賣圍巾手套的小販、載我至托爾斯泰故居的司機、服飾店正在窗外佈置的女店員、趁空檔至屋外抽菸的男店員……大都是藍領。不多不少，共才七個。

平均四、五天才能邂逅一個微笑。

但每一天每個時段卻都會遇到擺臭臉或者擺NO手勢的人。

＊　＊　＊

忽然很想吃零食。

朋友說作家的零食，也是靈食。

作家吃的是靈感的食物。

＊　＊　＊

紅場賣紀念品的小販看到東方人就說中國話，還說可以收人民幣。

紅場已經了無安藤忠雄筆下形容的「暴力性的巨大震撼」氛圍了。

除了觀光，還是觀光。

若有暴力性的東西都是隱藏的，微小的，比如四處可見的警察，目露尖銳神色，企圖以眼神打撈可能的「檢查」對象。

除此，紅場一片安逸，甚且因周邊名牌精品而顯得豪華。

紅場十分廣大，周邊面積七萬三千平方公尺，對我這個生活在狹窄的台北人而言，這廣大毋寧具有一種威權性與表演感，好像它只是一個巨大的表演場，不存在生活的真實裡。

＊　＊　＊

讀托爾斯泰。

他說，命運之中沒有偶然性，人是由自己創造命運的。

寫作，於我是將自己從過去釋放出來。這也是我的創造品，可以重返過去且修改歷史……我邊想著。

＊　＊　＊

冬季太長的此地，春夏秋三季成了他們的嚮往，但這嚮往的實踐總是去得如此倉促，才稍微抓到一丁點季節的快感與激情時，它就瞬間被冬天的風給吹走了。

傷春悲秋於是成了他們藝術裡最常見的表達情緒。

這民族天生是傷感的，沈重的。

在旅途裡聽柴可夫斯基的音樂，讀杜斯妥也夫斯基、屠格涅夫，都會被這樣的傷懷情緒勾住我易脆的神經。

俄羅斯的作家都善繪畫。普希金、杜斯妥也夫斯基、托爾斯泰、馬雅可夫斯基、果戈里皆然。

參觀他們的故居，總是能在手稿之外看見插圖繪畫，讓我十分驚豔，頓時又為自己又寫又畫的生活，有了對照的安然感。

就好像「斯人有斯疾」般。

＊　＊　＊

路邊的畫攤偶見不錯的作品。

莫斯科的阿爾巴特街或者聖彼得堡的涅夫斯基大街上都集結著畫攤，他們有的是畫家自己賣自己的作品，有的是去「批」來的。批來賣的人比較熱絡兜攬生意。

畫家賣自己的作品還是有些傲氣的執拗。

＊　＊　＊

你現在和另一個女人過得如何了？

你這位曾是我揀選的人。

你讓我懂得更愛自己了，因為你的愛善變，只有我自己的愛永恆。

化妝品廣告。

如詩。

＊　＊　＊

為了記憶方便，被我稱為莫斯科忠孝東路的「特維斯卡亞大道」是一條商業大樓林立、各種商家集結的商圈。我特別喜歡逛從中央城區到普希金廣場的這一段路，餐廳、咖啡館、各種服飾店，逛累了，有地方可坐。

許多咖啡館有點台北誠品書店附設商店的知識份子味道。

俄羅斯的有錢人都有一種奇怪的做作模樣，尤其是女生，眼睛都長在頭上。

＊　＊　＊

常經過紅場捷運獵人站旁的地下商場。這地下商場在一九九七年首次出現「透明電梯」，據說當年許多的莫斯科人常來地下商場為了排隊等搭透明電梯。

現在當然透明電梯到處都有了，也不新鮮了。

台北很早就有透明電梯，記得二十出頭時我到明曜百貨搭上透明電梯時，隨著高度看見台北景觀時，印象裡好像沒有太多新鮮感。

俄羅斯人想來是寂寞的，一件新穎的事物，就足以引發他們的新熱情。

像在白俄羅斯車站旁的歐洲商場，就更是新穎壯觀。

電扶梯和電梯也都是透明材質，且還有霓虹燈管的裝置，流動的光線不斷在眼中閃爍而過。

液晶面板的華麗現代感也是新俄羅斯人追逐的科技流行。

歐洲商場連噴泉水池的底部都是採用液晶面板，透明性的多元投射，使得歐洲商場像是一座燈火通明的舞台。

俄羅斯人最大的室內娛樂就是瞎拼，有錢也得有地方花，因此百貨公司和商場都在陸續趕建中。

但在此地逛著，我卻感到格格不入，因為沒有一樣東西是我可以買走的，除了貴還是貴。

還是買一球冰淇淋吃吧，除了冰淇淋，這間商場對我就沒有太多意義了。

＊　＊　＊

紅場有圍起來的戶外溜冰場，我在外圍眺望了一眼，冰天雪地中，溜冰的孩子總是臉紅通通地發出喜悅刺耳的尖叫。

這座城市裡少見的戶外歡樂。

我來紅場已經好多次了。它的神秘面紗忽然就消失了。

一個美女走到日常生活裡，也會變得庸俗起來。

＊　＊　＊

俄羅斯的茶壺真是亮眼，這款茶壺我在台北卡比索明星咖啡館和台北俄羅斯餐廳已見過。此回，在普希金和托爾斯泰等故居餐廳也見到擺

著一只巨大的「煮茶壺」，這煮茶壺叫Samovar，多以黃銅和銅打造，有的還在外表彩繪，如工藝品般。

托爾斯泰故居的那只是我在旅途裡一路看下來最喜歡的。其實不只是托爾斯泰故居的擺飾品我喜歡，我發現藝術家用的東西都很深具美感，想來是藝術家使用過的時間感與意義也賦予了物件的光環。

＊＊＊

你的肉體就是你的城。善與惡充斥的城，住著許多日日掙扎的靈魂。

＊＊＊

小說家說，什麼都寫下來，發生什麼事都記述下來。

大部分人看的書都是一些白天的書、消磨時光、獲取實用知識和外出旅行時看的書……而這些都不是我心目中真正的作者寫的書。

我喜歡黑夜的書，沈默的書，有力量的書。

書裡有光有暗。

＊　＊　＊

在這個旅行裡，卻常掉入上一個旅次的記憶裡。

上一回的旅行我在哪？

布拉格，有卡夫卡的城市。

但我在俄羅斯想起的人不是卡夫卡，我忽然想起的人是一個十歲的男童，已經不存在世上的男孩。

那是我在布拉格參觀集中營時一個男孩寫在牆上的手記勾動了我心。

小男孩寫：

我知道花會開會謝，但我不知道我是否還有明天？

十歲的深深悲哀。

我常想起受苦的人。

所以，我離開俄羅斯後，我肯定會常再想起俄羅斯。

＊　＊　＊

最熱鬧的特維斯卡亞大街上的「耶利謝也夫斯基超市」內部華麗直如皇宮。

當地人都稱之貴族超市，但價錢卻很平民，除了烏魚子。

冷凍櫃裡躺著個個如寶石的烏魚子，黑色的是鱘魚子，顆粒小而富奇特的奶油香味，這是因為烏魚子本身含有的脂肪香。

取鱘魚子的過程卻得一刀斃鱘魚的命，一旦沒有一刀斃命，鱘魚在死的過程會因恐懼而分泌腎上腺素，這會使得奶油香氣轉為苦味。不可凌遲鱘魚，否則牠會示現苦楚。這讓我想起回教徒認為「凌遲虐待」是最大的罪。

其實很多的美食背後都沾滿了血腥史。比如鵝肝醬、燕窩，甚至肉類也是……。有人說，吃素和開悟沒有關係，這倒是。不過，吃素卻和慈悲有關係。但吃蔬菜的過程，我們也撲殺了許多「有害」的昆蟲。而有害其實說來也是站在人類的觀點來看的，從來「加害者與被害者」都是立場位置不同的問題。

人種也是。在逛超市的時候，我不斷地想著這種沒有解答的問題，比如我的身邊絕少出現中亞人，俄羅斯人覺得像這些車臣、烏茲別克、哈薩克等都是較「低」的人種，他們還稱中亞人為「黑毛」。

我在俄羅斯其實也是個正宗「黑毛」。

從鱘魚子到人種，我想我想太多了。也許我待在冷凍櫃旁太久所致，看到太多的肉擺在我眼前。

之後，我在巧克力和冰淇淋櫃上，取了五條巧克力和一支冰淇淋，結帳離開。

還是甜食對我有吸引力，它可以去除沾在我身過久的悲傷。

* * *

你走得不夠遠，我不敢想你。

我只好自己走遠，好讓你想我。

* * *

我請台灣留學生小志帶我去看看俄國大文豪果戈里的故居。

小志沒聽過果戈里，所以他很是費了一番功夫一路問了路人才找到。

他拍拍額頭說，天啊，我幾乎每天都行經這個地方，卻不知道這間房子的意義。

果戈里是俄國十九世紀的著名劇作家與小說家，他曾經在莫斯科教書時住於此地。庭院坐落著果戈里沈思的雕像，在灰黑的風中顯得十分凝重。

展示廳正在整修，未能親見作家手稿。

不過，最高興的是一旁跟來的小志。他說，我讓他認識了很多俄國文學家與藝術家，學商業的他是很少去碰觸這個領域的。

我跟他說，其實文學是所有領域「打底」的東西，搞商業的人應該也要多讀文學，這樣你就可以有不同的企業觀與哲學觀。

我跟他說，我在紐約華爾街曾經和一個證券交易商聊日本三島由紀夫的作品，他聽了一副怎麼可能的模樣，我想小志也定然沒讀過，不過

我繼而又想，我要別人讀文學，會不會太一廂情願了。

在果戈里紀念館不遠處即是俄國近代作家高爾基紀念館，我和小志再去逛逛，畢竟都來了。高爾基的房子十分典雅，正面有馬賽克拼成的圖案，還有造型活潑的窗櫺，連門框都好看，但可能因為下雨關係，再加上冬日的庭院大樹全凋零了，於是顯得這房子如此空蕩落魄。

不知為何房子看起來像是蒙上一股哀愁似的表情。也許和高爾基在一九三六年被暗殺身亡有關吧，這個一生都在為共黨發聲的作家，卻據說可能是死於史達林下令格殺勿論之手，也許他的魂還在此遊蕩徘徊呢。

＊　＊　＊

有時回憶根本就是一種沈淪。

我還不能見你，因為我的心有傷口。

＊　＊　＊

我在俄羅斯的吃，最常見的有布林尼餅（Blini）、羅宋湯、黑麵包。高麗菜、馬鈴薯、紅蘿蔔、甜菜、香料和淋上一丁點的酸奶，就是我在旅途常喝的羅宋湯。

這裡水果蔬菜貴，遂在旅館所附贈的早餐時多吃一些。

但就這麼一個小胃，能吃多少。

布林尼餅就是薄麵皮餅，有點像是我們在豆漿店吃的蛋餅，只是不加蔥，以原味為主，所以裡面可以搭配各種口味的食材，魚子醬、鮭魚、肉類、菜、蜂蜜或者果醬等。

我喜歡吃魚子醬與鮭魚口味。

列寧車站內小店賣的布林尼餅很尋常，但頗為好吃。

＊　＊　＊

新俄羅斯人有個笑話。

一個人向另一個人炫耀他買的這個東西花了三百盧布。

另一個人聽了大笑，「你好笨，我買的可是三百五十盧布呢。」越貴的產品，賣得越好。

炫耀式的消費，在俄羅斯大城市正如瘟疫般地彼此感染。

使得莫斯科連續兩年躍為全球生活花費最貴的城市，於是莫斯科在我看來成了「窮人的地獄」。

＊　＊　＊

通膨與貪污，是俄羅斯讓商人卻步的原因。

沒有英文標誌與沒有微笑，則讓旅人在俄羅斯很容易就不方便與不開心。

＊ ＊ ＊

我倒喜歡吃中亞食物，一大串現烤肉串才八十元，便宜又好吃。

在大市集的某處，我嚐到了中亞食物的美味。烤薄餅、烤小羊排和一盅放在陶瓷甕裡的羊肉湯。

周圍都是來此討生活的中亞人，整間屋子暗漆漆的，煙霧瀰漫，繚繞。

我們三人各叫三種食物，結帳才吃了四百多塊盧布。

這是我在俄羅斯此行，最便宜又最美味的一餐，不過要不是有當地熟人帶路，任誰也不知道這間鐵皮屋竟是一間餐廳，餐廳似乎也不想張揚，因為家鄉人自然會群聚於此地，生意好得不得了呢。靠近大市集的中亞老鄉們，只要一得空就往這裡吃，此地就像是他們的家鄉一般親切。

我想起大市集裡作薄餅的中亞小販給我的熱情笑臉。

不知為何，愈是討生活的底層人愈是懂得生活的真正滋味，因為他們的生活本身沒有包裝，沒有防衛。

有錢的人總是很防衛。

但是我只有一件事不懂，唯一不太笑的底層藍領人反倒是本地的俄羅斯人，我想他們可能不是不想微笑，而是太累了，微笑也需要力氣。

＊　＊　＊

不知道吃什麼時，我就會在旅館窗戶張望一陣。

買旅館路邊的烤肉串和沙威瑪是最方便的。

俄文不通沒關係，小販身邊有電子計算機，他會敲出錢的數字秀給你看。

沙威瑪的作法和土耳其的不太一樣，生菜比較多，肉比較少，吃起來味道還不錯，有點像是冷熱交替的餅，冷的蔬菜裹上烤的碎肉滾在薄餅裡，一個六十盧布，算是可以接受的價錢了。

這樣就度過了一餐。

＊　＊　＊

躺在旅館的床上，才想起今天是我生日。

時間才傍晚，為自己做點什麼還來得及。

繞進一家咖啡館，點了杯咖啡和一塊蛋糕吃，順便讀帶來的杜斯妥也夫斯基的小說。

如果寫不出好的作品，那為何要寫作？

如果不能過好的生活，那為何要活下去？

為了沽名釣譽，為了小名小利？

當然不是。為了自我完成？

我完成了什麼？

文學不僅是藝術，也是介入社會的一種自我表達與自我注目。

我透過文學來凝視自己，且自問該如何活下去？

俄羅斯人以藝術文學成就了自我與社會革命，這是他們的生存方式。

但我們沒有，我們的島嶼文學從來都是孤單的自我存在，沒有社會，沒有革命。只有自我，以及和你這個「自我」同靈性族群的人……很孤單的。

但不繼續走下去，又該往何方？

當作家沒有業餘的，於我當然也不會停止不前進，但這卻又是一場注定無所獲且又無法停止的旅程。

也許只要一直寫，也能寫出一種動人的姿態。

我在生日這天，心念不斷地流轉，且拷問著自己。

我總是不善待自己，在愛情上如是，且連生日也不例外。

＊　＊　＊

路上往來的人都是莫斯科大學的學生，中午下課出來覓食。而我則朝相反路徑行去，我要去莫斯科大學的餐廳吃飯，這也是在俄羅斯可以常去的便宜餐廳。

飯後，行去莫斯科大學的網路咖啡館上網。

莫斯科最大的網咖中心，電腦一字排開，五十幾台應該有吧，點杯咖啡，買點數上網。

收信，好多垃圾，好多訊息。

但都無關緊要。

沒有什麼人留戀我是否存在。

沒有人挽留一個離去的旅人。

＊　＊　＊

流離在外，出現難得的自在。

喝咖啡，散步，吃高加索肉串。

這是一座看不見自己影子的城市，因為陽光不露臉。

請你記得我的方位，即使你已比我還要早下落不明。在愛情國度，到處是下落不明的人。

何時才能歸還我欠你的眼淚？或者歸還你放在我這裡的記憶幻影？

我們的肉身早已分離無法重疊，但我們的記憶卻不時地想要重疊。

＊ ＊ ＊

舊阿爾巴特街帶點波西米亞的味道。

這是少數讓俄國人心靈解放的戶外區域，年輕男女在此逗留閒逛，尤其是才開幕不久的星巴克，簡直是他們最趨之若鶩的異國情調時髦產物。

忽然間，俄羅斯就一點也不俄羅斯了。

當我買了杯星巴克咖啡，坐到了沙發上看自己手邊帶的中文小說時，我以為我在台北，我最常一個人獨處的城市角落。

但很快地，眼前出現一個漂亮的金髮女生，在星巴克咖啡館的頂燈投射下，金色如夕照，她的美使我從書本裡抬頭凝視一晌。

我忽然想起了夕落。

在俄羅斯冬日看不見太陽下山。

我忽然想念起我的城市我的島嶼的冶豔落日之美。

＊ ＊ ＊

第一次來新少女修道院時，滂沱大雨直直下，一路濕淋淋地趕到時，卻正巧趕上它關門。

連墳墓也會關門。

警衛不准我從門口拍照，還用手一擋，我想就算了。

第二次來訪時，又下大雨。

進墳墓後，一股湧上來的旅途疲倦突然使我失去了參觀的興致。

唯獨有興趣的是，想看看當年彼得大帝企圖造反的姊姊蘇菲亞被囚禁的修道院。彼得大帝沒有處決自己的姊姊，但處決了企圖幫助蘇菲亞篡位的情人。據說蘇菲亞被軟禁的修道院推開窗戶就可目視到被砍頭的情人頭顱，情人頭顱懸吊在窗戶對面的鐘下，日日搖晃不已。

這種處罰在我看來更具椎心之痛。

凌遲是最大的罪，我又再次想起回教世界的說法。

我也很苟同。

* * *

在新少女修道院的後方集結著「名人墓園」，我想看的是發明「天然冰箱」的赫魯雪夫。

在《20世紀祖國史》一書裡，對赫魯雪夫的評價頗具意思：「赫魯雪夫在蘇聯歷史上的作用，就像他的黑白兩色大理石的墓碑，具有兩面性。」

赫魯雪夫的墓碑黑白兩色，他死後其兒子為父親豎立了如此獨特的墓碑。黑白兩色意味著其功績有對有錯，時間自然會給他評價。

我問當地老人，他們大都對赫魯雪夫「在促進政治民主化和經濟民主化，以及努力改善人民生活水平方面所做的工作，有所肯定。不過赫

魯雪夫在農業、工業和外交方面卻因為改革的草率與不徹底，因此往往將國家引入了死胡同。」

黑白兩色的墓碑，使得許多人到此都為了看它一眼。實情倒不是真為了悼念赫魯雪夫。

＊　＊　＊

我遇過的老人都說他們喜歡蘇聯共產時期。但年輕人則相反，他們說老人喜歡過去是因為當代他們已經沒有機會了，「他們都很懶，人應該到老也要靠自己的能力謀生。」有年輕人這樣說。

沒錯，相較於乞討者，我看到很多老人在做著社會底層的工作，顧廁所、打掃、看門。俄羅斯的所有博物館與名人故居裡面從賣票到看守人全部都是老人，又以老婦人居多。

「男性老人都死了。因為戰爭的緣故。」一家三代都是女寡婦的大有人在。男生在俄羅斯是奇貨可居。

拉子因之愈來愈多。

在路上、在捷運上偶會見到女生和女生擁抱接吻。

＊　＊　＊

常問我自己，生命裡真正的「那個」孤單是什麼？

把一些人看到很膩很膩之後，反而我感到舒服了。

他們不知道當我不再想起一個名字時，連帶的是放棄他們背後所拖帶的整個世界。

他們知道，當我擁抱時，是義無反顧的。但他們都不知道，當我放棄時，也是義無反顧的。甚至到了連名字都想不起來的地步……

＊　＊　＊

沒有人受得了一個以生命捲入寫作齒輪的不要命女人。

沒有。

我喜歡黑夜的書。不喜歡白天的書。

但我把你放在閃閃發亮的位置，我喜歡光亮的人。

＊　＊　＊

女人最後一次拒絕男人求歡。

女人說，不行，我不能和你再這樣了，因為安娜是你的女朋友，而我喜歡安娜。

男人說，安娜又不是我女朋友。為了求歡，男人當場否認。

＊　＊　＊

為了節省旅費，留學生小志特別帶我去友誼大學附屬的中亞餐廳吃晚飯。

也不光是為了旅費節省的理由，其實我這個人有個毛病，按照我母親的說法是笨人，不會享受。我一直都是比較傾向過自在的生活，太上流社會的東西或地方，我總顯得拘束而不自在。

像莫斯科這類的中亞餐廳，確實有一種閒散的況味，人們可以隨意起身離座，哈啦閒扯淡。

食物也頗不錯，簡單可口，烤肉皆以原味呈現，一下子我就吃得精光。

小志點了一瓶啤酒喝。

他點的是俄羅斯最有名的波羅的海啤酒，這啤酒是有號碼的，從0到9號，意味著啤酒的不同質地與酒精成分，風味各異。小志說他喜歡喝5號啤酒，中間質是比較受歡迎的口味。

旅途總是會把點的東西大概全數啖盡，可能和旅程的不安感也有些關係。

於是，俄羅斯旅程結束時，我想我將成小肥肥。腰圍變胖將是可以想見的。

我在旅途裡容易增胖，可能跟三餐固定吃且還吃多了有關吧。

但在俄羅斯，誰能拒絕美食。何況如此昂貴之都，點的餐當然是全數入胃，一點也不能浪費。

我常以為人若能拒絕美食，大概也就能拒絕很多東西。佛家言不過三寸舌根，人卻可能為三寸舌根幹盡壞事。

＊　＊　＊

這裡的人都很靜默。

車廂更安靜。

像凝止的海洋。

沒有喜樂的平靜也是一種壓抑。我忽然在心裡說了這句話。

生命裡到處都是河水來河水去的朋友，很少人擱淺在我的河水。

＊　＊　＊

逛阿爾巴特街上的莫斯科大書店，莫斯科的書店十分巨大，簡直就是茫茫書海。

俄羅斯什麼東西都喜歡以「數大就是美」來呈現，連書店也是。

為了買一張莫斯科和聖彼得堡的當地地圖，卻逛得頭昏腦脹的。

＊　＊　＊

還沒走到柴可夫斯基音樂學院，即可以感受音樂氣氛。

路上揹著大提琴的女生，一轉個彎，又見一個揹小提琴的金髮男生行經而過。

周圍咖啡館貼滿了音樂會的海報。

冬季的俄羅斯，室內藝術活動一向是這個子民熱中的事務。

＊　＊　＊

藝術家以貧困，來成就別人的慷慨。

＊　＊　＊

今天在紅場時，心生一念地推開靠近紅場的一座東正教教堂。

金色洋蔥頂很喜氣，十字架直直插入灰色的天空。當地人向我解釋東正教的十字架與基督教十字架的形狀略微不同，被釘在十字架上的耶穌基督上方有個義人，象徵他上天堂，下方也多了個標誌，是代表下地獄者，那是和基督同被釘在十字架上的罪人，他在臨死前依然沒有懺悔。懺悔者上天堂，沒有懺悔者下地獄，所有的宗教都強調告解與懺悔。

不過我以為整個基督教義最重要的核心是「復活」概念，若沒有復活，整個教義就失去了重心。

而復活節在俄羅斯人心中更是「慶典中的慶典」，十分重要的節日。慶祝活動由燭光遊行拉開序幕，十分華麗。

入內，見許多當地人在點著蠟燭祈福。

我遂也跟著點，有人好心提醒我，「若是對死人祈福的蠟燭得放到方形桌上，若是對活人祈福的蠟燭則放在圓桌上。」

好在沒搞錯，不然我的祈福就生死難分了。

但繼而又想，搞錯也是一種美，生死交流，生死本一體。

＊　＊　＊

紅場周邊的小販都會說些簡單中文，你好，謝謝，人民幣。

從這些語言就知道大陸人在此的消費勢力正在擴張。

但紅場攤位的東西多粗糙而貴。

「我們的商業仰仗的是欺騙……每件交易都隱埋著可能的騙子！」契科夫曾這樣說自己的祖國子民。

他還曾寫道：俄羅斯絕大多數都是些酒鬼、懶鬼、小偷和墮落者……其專長就是嘲笑生活裡各個層面的人。

也許文學家看到的都是黑暗面。因為他們無法不看見掩藏在光亮消費事物下的底層人性。

＊　＊　＊

列寧車站是莫斯科的城市暗夜毒瘤，流浪漢偷竊者醉鬼，各色人種在此大車站出沒滯留。

昨夜喝得爛醉的人旁若無人地杵在角落，幸好他們懂得躲到車站避寒，每天莫斯科新聞總會報導幾起酒醉者在街外被酷寒天氣凍死的消息，在鄉下有的屍體還被流浪狗吃了。

行經列寧車站，總是腳步加快。

此次同行的還有一個俄羅斯男孩紀馬，紀馬是台灣留學生在此教中文的學生，他記他的中文名字是：雞加馬等於雞馬。

十七歲的大男孩表演著吃卡比索雪糕的逗趣模樣，比模特兒還模特兒。一問，小時候還真的是模特兒呢。

＊　＊　＊

俄羅斯人喜歡為偉人塑造雕像，這些雕像旁也常見到一束玫瑰或者鬱金香。

詩人雕像下，尤其多。

詩人在此比政客被人賦予更多的注目激情。文學與藝術創作者在俄羅斯有一種絕對性的尊榮。

＊　＊　＊

究竟你的一腳是如何踩進我的生活？你的另一腳又是如何地堅持在外？除了念舊，還有什麼？

你問我生命的兩端裡是創作的劑量比較大還是愛情的比重較大？我在旅途裡想起了你，無法回答的問題。我只是徒步時，不禁想著如果我們重逢於冰天雪地，或許激情會再度燃燒。

這個地方，需要大量的愛，才能度過酷寒。

＊　＊　＊

今天前往金環旅遊路線，也是東正教大本營的札格爾斯克（Zagorsk）。札格爾斯克是舊名，現在他們都稱作聖三一教堂。

下車後，走了一小段路即可目視教堂的十字架金色尖頂。

還沒走到教堂，就在路上遇到以耶穌之名募款的假修士。

是假修士沒錯，因為他的眼神暴露一種急切要我丟錢的貪婪。我想修士不會有這樣的眼神，也不會因為我給多給少而有差異的表情才是啊。

不過，真佈施就不怕假和尚，我還是給了一點錢。

這聖三一教堂是俄羅斯最古老的正教堂，也是東正教最重要的朝聖地，其地位有如回教的麥加聖地。當年彼得大帝避難也曾偏安至此。一三四五年聖徒塞爾吉斯創建了這座教堂，時代湮遠，但保存仍十分完善。

聖三一教堂是白色的石造教堂，中央有貼滿金箔的大小圓頂。聖三一也就是三位一體，聖徒塞爾吉斯的棺柩停放在此，黃金雕刻的橫木林立，十分古典華麗，走進去只感到肅穆，並無荒涼。

今天真的十分酷寒。

聖水涼亭的聖水都結冰了，無法流出聖水，亭子遂空蕩蕩的，只餘寒風呼嘯吹起雪花。畢竟眾生還是以「利」為考量的多，沒有聖水的亭子就荒涼了起來。一旦夏日來了，冰融化了，聖水可以溢出了，那麼可以想見的是，此地將會見到大排長龍提著水桶等接聖水的人潮了。

我推開其中一間教堂的厚重木門，昏幽的光線下見到一婦人跪在角落裡乞討。耶穌肖像就在她的頂端。櫃台有個實習的學生，櫃台上有許多的紙張，他說可以寫下願望，然後將願望丟進各種分類的籃子，有求健康的、有求事業的、有求愛情的，人心大致都一樣。

當然重要的是，教堂要寫願望者在祈求得到什麼時，能先懂得佈施，在隨喜募款箱裡捐款。

走進教堂即發現有很多蓄有鬍鬚、頭戴長黑帽、身穿黑色袍服的教士在庭園裡走動來去，原來莫斯科宗教大學的神學院設置在此。廣大的空間裡，舉目可見宗教藝術的結晶，建築與聖像畫，金屬工藝和寶石製品……可說是東正教的藝術珍寶。

在書店和紀念品店裡，我逛了逛，忽然決定買一小張三位一體的聖像畫，畫工精細外，用皮製的相框也頗有收藏質感。

實在是太凍了，於是離開廣大空曠的教堂後，在路上找了家門口有一隻熊為標誌的餐廳覓食。這是此地較負盛名的餐廳，女侍者都穿著傳統俄羅斯服飾，甜美年輕，讓旅人瞬間湧上難得的舒服暖意。

* * *

狹隘的愛，會吞噬我的靈魂。

我對你的愛有永慕之心。我對你的人卻有永訣之意。

* * *

所有的旅程都在中期發生想家的難熬時光，尤其是一個人的旅程。

想家，倒不是真正想家，而是想回到「擁有自己的東西」的空間狀態。

比如十五天的行程，可能發生在第七天。比如三週的行程，可能發生在第二週初始。三個月可能發生在第二個月初始。

旅行的中期時光，往前往後看都艱難。往前看，不甘心已完成的部分。往後看，卻覺得旅途漫漫。離開心不甘，不離開又覺得旅途一切看似茫茫寂寥。

其中又以晚上艱難，時間變得很緩慢。

＊　＊　＊

在晚上的旅館房間裡大多會打開電視聽一陣聲音，讓ＢＢＣ、ＣＮＮ和當地電台的聲音流進來，可以減少些寂寥感。

俄羅斯收得到大陸的中文國際電視台，中文聲音在異地跑進來，確實頗怪。

今天恰巧播放玄奘大師影片，有段劇情讓我印象深刻：玄奘大師至某村莊遇劫，村民欲將他獻祭給天神。玄奘大師對村民說，我的身體很髒，獻給天神太不禮敬。然後又對村民說：「生命如電光朝露，何必造惡。」

生命如電光朝露，何必多慮。我對自己也如此說道。

＊　＊　＊

我在旅館讀詩，俄國詩人曼德斯坦：沒有任何星星，可以殺死海洋波濤的沈重翡翠。

我的天空沒有星星。

＊　＊　＊

在莫斯科唯一一次吃中餐，餐廳招牌寫著「路迅餐廳」，我乍聽留學生小志說時，還以為是「魯迅」。

餐廳在地下室，下午三、四點，一進去竟差點沒位子。可能沒吃中餐過久，加上有幾道真是嗆辣得可口，遂覺得這回在飲食上有得到鄉愁的慰藉。

飲食，絕對是鄉愁的一條路，是整個老饕食客背後所延伸出去的文化地圖。

＊　＊　＊

每天都要說上幾回「史巴希巴！」：謝謝！史巴，死吧！我說謝謝倒像在罵人。

＊　＊　＊

馬路上站著一排人，手裡各掛著要賣的東西，衣服或者其他小物品，全拿在手上兜售，身體的流動市集，是俄羅斯風光下的卑微人生。

* * *

又是逛商場。

一來躲外面的風雪，二來躲寂寞的侵襲。

接連幾棟的Mega商場，逛到腳痠眼麻。

中午在商場內的IKEA餐廳吃飯，卻有迥異於台北的氛圍，經濟實惠又窗明几淨，在非假日期間有種莫斯科少見的閒逸氛圍，出乎我意料之外的IKEA。

* * *

從旅館走到俄羅斯展覽會館，走著走著，飄落的雪忽然轉成了濕冷雨，仍然沒有人撐傘。

不撐傘的城市。

多棟建築群集結成一座巨大的展覽會館，佔地數百公頃，拱門氣勢雄偉。走到廣場中央前，看見一個圓形的噴泉雕塑群像，身穿俄羅斯各民族服裝的女子圍成一圈，每座雕像近十公尺，每一尊都是金亮亮的。

在雨中的金色雕像，使我錯以為是陽光。雨中的金碧輝煌，讓我佇立其中欣賞良久。這絕對是一個喜歡金色的城市。

＊　＊　＊

夜晚十一點穿過一堆躺在角落的醉鬼與三兩遊民，和一些遊客錯身走到第三月台，在列寧車站等待火車。

我等待的是從莫斯科列寧火車站開往聖彼得堡的夜間火車。

我訂的是二等車廂（共分四等），兩人一間。

賣票的電腦卻將另一床分給了一個男人，所幸是個很老很善良的老人，哈利路亞，他竟會說英文。聊了天，還去過中國的老人，十分和藹可親，且竟還顧慮到另一個陌生女人同房的尷尬處境，我看他連襯衫和西裝褲都不好意思脫下來就直接就寢了。

說來，俄羅斯人的冷漠是短暫的，一旦他們和你投緣，他們很願意幫人，且很有質感。

初抵聖彼得堡，還是清晨，夜行八小時的快車把我疲憊的肉身吐了出來，迎接我的是聖彼得堡的飄雪與酷寒，還有月台上跑進來拉生意的司機男人。

當然聖彼得堡的人比莫斯科人簡直良善太多。

我問到飯店索價一千盧布，老人說太貴，我也猛點頭。

老人本來想請來接他的女婿順便載我一程，但話說完似乎有點猶疑，他還是決定幫我叫車，我想他可能怕女婿說話吧，因為這樣看起來會讓他像個「搭訕者」。

他帶我走出車站，用俄文和一個司機講價，談到四百盧布。我說ＯＫ，接著我們道別。

司機載我到飯店，約十分鐘。我拿五百盧布給他，等他找我一百元，他竟拿了錢就走了。

直接把一百元當小費。

＊　＊　＊

你要從哪裡開始寫你自己的故事？

從我女朋友過世那一天寫起。

為什麼？

因為那天起我才發現了我自己：明白自己是一個長途跋涉的人。

那你把我放在哪一個章節？

妳是我生命裡的「跋」，跋其實是很私密的，總是意猶未盡，且想說又說不清。

我聽了再也無語。

旅途裡，常會想起一些片段。

愛我的人與我愛的人。

＊　＊　＊

沒有彼得大帝，聖彼得堡就不存在。曾居住過荷蘭的彼得大帝，一直想將俄羅斯血統改為歐洲譜系。聖彼得堡就是融合荷蘭、法國和西班牙的城市風格，這座城市，讓彼得大帝為國家打開了對歐洲的一扇窗戶。

聖彼得堡也就以彼得大帝為名，這是他一手擒下的土地。不過彼得大帝自己卻另有解釋，彼得源於希臘文另有「石頭」之意，聖是神聖，所以聖彼得堡也就是「神聖的石頭之城」。

彼得留名青史，因為將一片沼澤叢林打造成一座美麗大城。

我幾乎日日都會行經涅瓦景觀大道幾回，這條涅瓦大街是我的座標，也是逛街之所。名品店連街而起，大型百貨公司商場逛之不盡。而商場四周過去卻是彼得大帝送人上絞架之地。

過去的血腥黑暗，現在只剩下物質的甜美光亮。

＊　＊　＊

如果旅途夠疲憊，通常入睡還算容易。

今天因為莫斯科大雨，提早回旅館。整天在旅館裡發呆，看書，看電視，時鐘才指向十二點。

躺在床上無法入眠，想你在與酷寒相反的熱帶一端。

你是只要碰到枕頭就可以馬上入睡的人，我喜歡你的心不放心事。我是個給我十個枕頭也難高枕無憂的人，總是像此刻的輾轉難眠。

常常走到房間才發現你睡著了，我悄悄地趨近你，摘下你的眼鏡。看著你平靜地枕著夢。

也許夢中有我。

我從背包掏出皮夾，將你的相片看了看。然後我不斷地暗示自己很疲憊了，很疲憊了，頭放鬆、眼睛放鬆、肩膀放鬆……一隻羊、兩隻羊……

忽然想到自己還負著債，就又醒了過來。

＊　＊　＊

常行經普希金藝術廣場，行經他和情敵決鬥的黑溪與最後喝咖啡之地，踩過歷史血腥地，感覺十分奇妙。有時會捏捏自己，自己真的是走在遙遠的北國，夢想中的俄羅斯，俄羅斯美人終於走下舞台和我肌膚相會。

當猛烈、溫和、潮濕與令人昏眩的北極之春，沿著涅瓦河將破冰雜亂地推向海洋時，冬夜的煩擾對令人興奮的聖彼得堡晨曦而言，是多麼全然陌生啊！街道的融雪抹上了紫藍色調，這是我在世上其他地方未曾見過的。

——納波科夫

讀著納波科夫對祖國聖彼得堡的描寫。流亡海外後來以寫《羅麗塔》在美國成名的納波科夫說聖彼得堡是他在世上其他地方未曾見過的，這未曾見過的景致是：融雪抹上了紫藍色調。

因為讀了文學大師這樣的描寫，因此我不斷地在融雪的聖彼得堡尋找紫藍色調。

雪地的冬天傍晚，偶爾因為色差確實天空會短暫出現淡紫色。

出現這個顏色時，我會有種奇異的憂愁感，好像感受到普希金詩人的不幸和情敵對決死亡的哀怨。

聖彼得堡是座文學藝術之都，因此也不免染上了藝術家的優雅與憂愁氣息。

天色快黑時，若還在這座城市閒晃，會有種索然的寂寥感萌生。

因為它的人口密度較稀，尤其沿著河岸走，或者走回我落腳臨公園旁的旅館時，走在空曠雪地，置身枯木之中，確有茫茫之感。

這時候，我又得快點躲到咖啡館了。

我一天在咖啡館的時間大概至少有三回，上午一回，下午一回，晚上一回。

好在涅瓦大街四處有咖啡館，躲進去一家咖啡館，像是藏進時空膠囊，點一杯咖啡，偶爾為了吃甜食而點了一客蛋糕與一球冰淇淋，接著

就是掏出一本書，如此就可以稍解憂思了。

＊　＊　＊

沒有日落。

我還來不及想像黑夜，黑夜就來了。

小王子移動椅子看四十三次落日。在俄羅斯，可能要移動千次才見得到日落。

千次之後，夏天來了。

＊　＊　＊

聖彼得堡俄羅斯美術館也是十分巨大，走在其中，有時也只能走馬看花。

但不論身處文學家故居或是美術館內，對我這趟旅程而言都可說是最佳的犒賞。

當然這些豐富的收藏都是自凱薩琳大帝以來趁他國之危廉價搜刮來的。不過，舊俄皇時代美術館收藏的歷史，本來也就不是什麼太清高的事。

館方英文簡介寫「一九一八年到一九三九年這段時間，是歐洲舊建築遇見新建築的交鋒期。於是誕生了著名的奧地利的分離派，和荷蘭的風格派和德國包浩斯等歐洲藝術運動。不過這些風潮的先驅者當屬以俄羅斯為中心的前衛派藝術家。」

俄國前衛派畫家馬列維基的超感性主義與蒙德里安的構成主義，都是影響當代藝術的主要風潮，他們以純粹的幾何形體，描繪了人類的心識與象徵。

這些幾何圖案的超感性繪畫，更影響了近代建築的發展。

而我現在就站在當年的藝術風潮先驅核心。

我常因為這樣而感動。

因而也寬解了俄羅斯人的面目之「不和善」。

也許俄羅斯人天生就是藝術家、美學家，他們似乎天生就帶點驕傲的貴氣。而這一切又是有歷史可循的。

驕傲有理，反倒是「庸俗而可親」顯得矯情了。

＊　＊　＊

每天都在室內室外的巨大溫差裡度過。

大衣穿了又脫，脫了又穿。每一間博物館都有巨大的寄衣處，他們會強迫你一定要寄衣，不過不寄也不行，會熱死。何況脫去沈重大衣也才能悠閒參觀。

只是我很喜歡寄衣處的空間鬼魅感，老婦人常從一堆厚重的毛毛大

衣中穿出，像是穿出一座叢林似的表情，接著老婦走到櫃台，拎起我寄的大衣，遞給我號碼牌後，又見她走入了大衣叢林。

又是老婦人。

俄羅斯的老婦人好多好多啊！她們多是終年守寡，也多寡笑嚴厲。老婦人的姿態與顏容，儼然已成為我這回羈旅俄羅斯的風景之一。

＊　＊　＊

在街頭常見芭蕾女伶錯身。

或者父母帶著孩子去看芭蕾舞或歌劇。

聽說俄羅斯人在孩子才剛懂事不久，就會帶他們去看芭蕾，讓孩子直接和美接觸。

芭蕾舞已成了俄羅斯人的國舞國粹。芭蕾舞的世界賦予俄羅斯人一個美麗潔淨的世界。

也許熱愛舞蹈，俄羅斯人年輕時胖子很少。

每回見到幾個拎著舞衣的年輕女孩從我身邊走過時，我都會不禁多打量幾眼，然後在心裡說：「好美啊。」我常因為看得凝神了，連拿相機都忘記。

＊　＊　＊

馬林斯基劇院、亞歷山大林斯基劇院、尼古拉宮殿常有芭蕾舞劇的精彩表演。走在聖彼得堡街頭，隨時可邂逅芭蕾舞海報的美麗映畫。

戶外冷颼颼，於是在室內看表演遂成了當地人喜歡的活動。

聖彼得堡是俄羅斯芭蕾舞發源地，走在這座城市常常會遇到芭蕾舞女伶行經而過的美麗倩影。馬林斯基劇院和亞歷山大林斯基劇院是欣賞芭蕾舞演出的最佳地點，其中的馬林斯基劇院更擁有專屬的芭蕾舞團，是優秀芭蕾舞者的孕育搖籃，也是聖彼得堡歷史最悠久的劇院。

我在導遊艾琳娜的推薦下，來到亞歷山大林斯基劇院欣賞那日的芭蕾舞演出，演出劇碼「唐吉訶德」，雖然這齣舞劇沒有「天鵝湖」、「睡美人」或者「胡桃鉗」等舞碼來得經典和有名，不過舞曲注入現代佛朗明哥舞，頗有一新耳目之感。

欣賞傳統民俗舞蹈首選是到尼古拉王宮劇院，有趣的是中場休息時間還有雞尾酒會，在穿著俄羅斯古服飾侍者的接待下，淺嚐了美味的魚子醬和伏特加，於是欣賞後段的表演時，恍然四周瀰漫一種酒氣，在微醺感的助興下，傳統舞蹈的舞者都變得像是天使飛揚了。

我喜歡詩人普希金對芭蕾的描述：

「要想不愛芭蕾，可能嗎？在這個正經八百的社會裡，要飽覽赤條條的大腿，光天化日賞愛赤條條的大腿而不虞傷名損譽，這是唯一的途徑。以舞蹈以藝術之名，女人大腿是挺合體統的事。藝術容許一切假她以行。」

寫來可真是暢快！畢竟是男人且還是個詩人的眼光。

＊　＊　＊

當我問了許多人才找到杜斯妥也夫斯基的故居時，我發現我走出地鐵站時，有三個方向可以選擇，往前往右往左，結果我先往前，發現找不到時，問了個路人，她指右邊方向，我又走至右方，又找不到時，再問一個看起來像是知識份子的上班族，她指著左方，並示意我跟她走，她也要走那個方向。

這是頗和氣的女子，我和她行走一小段路，她還用不太標準的英語問我是中國人嗎？

我想搖頭又想點頭，遂微笑了。換她點頭，好像為自己猜對了而感到欣喜。

聖彼得堡人真的是可愛多了。

隨著她的指引走至杜斯妥也夫斯基故居，我們說拜拜。我順便問她俄文的拜拜怎麼說，她笑說：八嘎！

怎麼聽起來像是日文罵人混蛋的話。

沒錯「再見」，就是八嘎！

後來我求證留學生小志，他說八嘎是對熟人時用的；不熟的人說再見是「打死你大娘」。

我聽了大笑，語言真是有趣啊，德國人說再見聽起來像是中文的「去死」，有人就告訴德國人千萬別向中國人說再見。

每個民族在記憶別人的語言時，都會通過母語來拼音轉介，以方便

記憶。

俄文十分難，文法極難，除了陰性陽性外，還得受前面主動詞的影響而「變性」。我常看到長得像數字的「３」字母，原來這「３」是英文的「Ｚ」，又常見到一個很像是中文的「中」字變形「Φ」，這字是英文的「Ｆ」。

所以我常去的咖啡館招牌寫著「ＫＯΦＥ」，這個字就是「ＫＯＦＥ」，即COFFEE咖啡之意。

＊　＊　＊

躲冷雨時，進教堂是最好的。

以往在歐洲旅行時，我也常進教堂坐在長椅上午歇。

也許教堂太安靜了，俄羅斯人又太陰鬱了，此地教堂特別有種肅穆。連相機快門都嫌太吵。

每個人都在點蠟燭，案上散著小小燭火的溫暖與喜悅。

似乎只要它不斷燃燒著，人們就會有種上帝在此凝視的幸福感。

＊　＊　＊

聖彼得堡人穿著都比較明朗簡單，不太會見到莫斯科人的怪異打扮者走在街頭。

不過整體說來，俄羅斯人都是喜歡盛裝打扮，尤其是女人喜歡穿華麗的大衣、靴子，連上了年紀的婦女也不例外。歐洲人就覺得俄羅斯的品味太華麗，若有人配色配得差，就會顯得粗俗。

在巴黎，女人怕被別人說沒有品味。在義大利，女人怕被別人說不性感或不知道自己喜歡什麼。在倫敦，女人怕穿太少而感冒著涼。

在俄羅斯，女人怕被別人說是沒錢的可憐女人。

生活於俄羅斯，沒有錢像是成了一種見不得人的罪惡似的。而醜，在此似也是罪惡。

於是，俄羅斯人會把最好的裝扮在外面，他們要打扮得很體面，要當型男型女，即使口袋沒有錢。

於是，像我這樣的旅者，日日同一件外套穿在身上，且還逐漸磨出了邊的髒漬落魄感，當我推開一間百貨公司的大門或者精品店的厚重玻璃門時，所有門口的警衛都亮起了眼睛，好生地打量著我，好像唯恐我搶劫似的。而百貨公司的專櫃小姐則連正眼都不會瞧我一眼。

看來，俄羅斯人還是喜歡表面的事物。也因此總極盡所能地裝扮他們自己與他們的城市。

就深怕別人看不出來他們的「富裕」。

但很多人心裡是貧窮的，我一走過去就聞得出來。因為他們的神色就透露出那種勢利的況味，那種況味聞起來很讓人倒胃口。

當然這只是街頭現象。

畢竟街頭是屬於大眾的。

內心富裕的人畢竟不會沒事走在街頭或者在百貨公司站櫃。

＊　＊　＊

離城前，再度眺望涅瓦河與伊摩卡運河的河水。

春神再過不久就會抵達了。

冰河一角已逐漸融化，綠頭鴨出現蹤跡，開始悠游河面，季節即將更替。

每天河面的顏色都有差異，冬陽微露時，剎那金黃的天空和深藍河面輝映，使得融化的河水更顯得深邃，而浮冰則有了倒影。

有時，幽深河水在光線反照下，會顯露出湛藍之姿。

未融的冰塊四裂如海中孤島。

有個老人企圖靠近我說話，但我實在聽不懂他說的。然後我就向他說拜拜地逕往前行了。

老人也是孤島，我也是孤島，但我們之間沒有橋樑可通抵對方的寂寞。

不禁，回望了一眼，只見戴著俄羅斯呢帽的老人又轉向另一個落單的女旅人說話，我前行一段路後，在轉彎前又回頭看了一眼，沒想到老人還在和那女生說著話。

我想也許他們有共通的語言。

＊　＊　＊

我站在昔日的血地上，每一座靠征戰得來的城市都充滿了血腥的氣味。

在這座沾過亞歷山大二世沙皇被刺殺的血腥教堂裡，對此教堂的藝術表現之極致看得啞口無言。血腥教堂其實就是基督復活教堂，基督一定要復活，就像釋迦牟尼佛一定要切斷輪迴之路。

基督復活教堂外觀壯麗絕美，入內卻更上一層樓，馬賽克拼成的基督故事繪畫，裝飾著整座教堂，加上水晶燈耀眼十分，看得人忘了基督，反被人為的藝術震盪得心神晃蕩。鋪天蓋地的牆面柱面佈滿繁複至極的小彩石，細碎小彩石終至構成壯美的頌讚基督史詩。

迷離，迷炫。

宗教性卻淡了。

進去看這麼一趟，加上攝影，五百盧布就沒了。

＊　＊　＊

一九四〇年生於聖彼得堡的詩人兼隨筆作家布羅斯基曾寫道：「這是最不公平的國家，以各種眼光來看，這個國家都是由一種屬於退化族類的生物在統治。也有個城市，是地球表面最美麗的城市，沿著河流矗立著莊嚴的宮殿，宮殿裝飾美麗至極，……彷彿是名為文明的巨大軟體動物的銘印……」

我在旅途裡讀著，讚嘆這樣的文字是如此地嚴厲與柔軟……又銳利又曼妙。

＊　＊　＊

從聖彼得堡搭機返莫斯科，目標太明顯的我，一看就是外國人。被海關人員攔下來檢查護照。

聖彼得堡旅館忘了幫我蓋居留證明。

警察一直說，蓋章呢？妳沒有蓋章！

又有另一個警察圍上來。

護照已經被他拿在手上了，我很擔心他不還我。

忙出去找來接我的人，海關外到處都有舉著名牌的人，就是沒看見我的名字。

怕護照被他拿走，我又急急回來。

好在他們還在，仍說著要蓋章，要蓋章的證明。

我說，有，一定有。我找找看。我企圖打開較大的行李翻找時，他可能覺得煩了，忽然就說走吧走吧。

我想他可不願為了我而丟掉其他的獵物，為了檢查我，許多獵物都從他眼前一溜，就溜出海關大門了。

忽然覺得可能是菩薩保佑，竟然能夠不行賄就安然通關。而且聖彼得堡的飯店還真的沒給我蓋章，警察要抓我幾天其實是可能的啊。人的「惡意」永遠存在，只是看他要不要行使。

離開

司機開得好快，街上的車子比較乾淨了，車身上的雪漬除去，每輛車身漸漸露出它的昂貴身世，保時捷、賓士、法拉利、奧迪、豐田……都是名車。

雪已經停了幾天。

送冬日也過了很久了。

俄羅斯人真的感覺天氣稍微暖和些了，街上無雪，大家都開得猛快。比預估時間還早一個小時抵達機場。

莫斯科的機場依然擁擠不堪，對人性的想像永遠朝「惡」的思考所致，許多的空間與動線都不準備善待人性的普世慣性。明明人都已經抵達免稅商店了，先前也早已經過兩關檢驗了，登機前還要在十分窄仄的通道上排長長的隊伍（不斷有人插隊，或者因為逛免稅商店逛遲了而緊急要我們讓讓）接受儀器與幾個彪形女漢的觸摸與冷眼對待。

你可以輕易看見這隻北極熊不斷地想要把人吞噬，剝開，直到確定你不是北極熊想要吃的獵物為止。就這麼短短的路程，一路上被丟掉許多東西，共黨時代的造型獨特打火機是確定不能帶的，不過連一張在路邊買的油畫也被沒收（一九四九年前的東西都被列為無法攜出境外），那張小油畫是我在聖彼得堡看了無數攤子而覺得不錯的作品，海關人員說這是老東西就是老東西。我想她可能鼻塞了，沒有聞到油料的味道還簇新新的氣味。

也許她喜歡那張畫吧，但她應該自己去買。

然後又見她把我在大市集買的子彈型打火機全數丟到她的垃圾桶。

我可以想像，下班後，她拿起那些打火機點著菸抽著。

俄羅斯的海關人員永遠給你一張冷漠且毫無通融的表情。

不要奢望有任何的微笑，他們的臉習慣僵硬，習慣罩了一層風霜。

那麼除了油畫與打火機外，還有什麼東西還被遺留在原地？

應該是我的記憶吧。

轉機

又是仁川新穎的機場迎接我的這身疲憊。

依然是綿延廊道的名牌物品。

想了很久，決定買一組化妝品給母親。

我想她會有兩種表情，喜悅我記得買禮物給她（她還活在出國回家要帶禮物給家人的旅行不易年代），並微微嗔怒說我很浪費，幹嘛多花錢。

韓航機上雜誌讓我這回眼睛一亮，封面的人物竟然是法國女性主義先驅「西蒙波娃」的肖像，標題英文寫著西蒙波娃一百週年冥誕，內頁是關於她在巴黎的深度紀行，內頁標題更好：一個用文字改變世界的女人。

商業航空雜誌竟然能如此大度，以文學家為封面，這簡直讓我驚豔不已。

瞬間，這本雜誌讓我想起某年我曾應長榮航空雜誌之邀寫旅行稿子，後來他們傳來的意見是，我的寫法太文學了，介紹的巴黎景點也過於文學。

那是我一次寫稿子的挫敗經驗。

但這經驗現在卻為韓航所用。到底誰比較有遠見？

就這樣我就把這一期的雜誌給帶回家了。

誰能拒絕西蒙波娃，至少我不能。

抵達

我安全抵達島嶼，我已在窗外看見了像一群乖馴綿羊的雲，以及太平洋的白浪波濤。

之前的牽掛完全多餘，台北沒變化，情人沒變心，我仍老樣子，但多了風霜。

之前作夢，夢見情人受傷，其實是我自己的相思點燃了夢中的影像。

4
4

一切安然。

甚至還帶著點荒謬。

在機場行李轉輪盤等待行李時，我聽見有人講手機吐出「哇靠！」時，我知道，我真的安全抵達我的島嶼了。

我不再受北國的風寒，也不再有被當「黑毛」的異樣眼光襲來。我回到我的族群，我不再是漂泊者。

我聞到同類的氣味。

忽焉我再次想起俄國女詩人安娜說的：「離鄉背井，對我是最大的悲劇。」

我提起行李，即將迎接島嶼情人以及亞熱帶即將朝我襲來的高溫。

我抵城時，這座城市才剛要投入黑暗的懷抱，光亮在我的前方逐漸消失。

我和我的行李一起等著我的情人，睽違的情人。

希望我們彼此都還相愛，還沒變心。

雖然我很想找個安娜來愛我，我在旅程裡認識的安娜，了不起的安娜。

但何處有安娜？

台北肯定沒有。

在台北，我就是安娜。

＊　＊　＊

只消給我一個嚮往，我就能離開。只消給我一個座標，我就能抵達。

旅人需要的只是一個出發點。

在文學理想已漸成廢墟的島嶼，我只好在心裡開成一座花園。

而旅行，從來都是這座心靈花園的主要養分。它將我心裡的成見牆垣拆除，它將我心裡的熱情再次點燃，它將我已逝的愛情記憶復活……

我複製了我的戀人，我的一生也注定成了一個長途跋涉的人。

或許，感覺心頭灰灰時，我該學學俄羅斯人去吃冰淇淋，我知道這會讓我籠罩迷霧的心瞬間浮起一種簡單的幸福感。

這種幸福感是簡單的，純粹的。

我下機後，最想做的事竟然就是去買冰淇淋來吃。

看來在俄羅斯吃冰淇淋的記憶，已如影隨形地跟定我了。

吃冰淇淋配詩。

自我們唯一的窗戶張望出去
只見雪雪雪
而你會躺成我喜歡的姿勢：慵懶

——茨維塔耶娃（俄女詩人）

這裡的人都很靜默。
車廂更安靜。像凝止的海洋。
沒有喜樂的平靜也是一種壓抑。
我忽然在心裡說了這句話。

作家從來都是站在燈光邊緣，
同時沈浸在光與暗裡。
我鮮少看見創作者有單一人格，或是單一人生。
他們會把自己捲入掙扎的邊緣，
為了愛情際遇的不可求，
或者源於良知的午夜叩問……

3 大文豪

Anna & Literary

文學之路從來無法由當下就可以驗收成果的，
它必須通過時間漫漫長河的浸淫揉捏，
然後才能成形開花或者萎去消失……
而妳是成形開花的。
雖然成果來得如此漫長，雖然過程如此凌虐心智。

寫給三個安娜

這起先是一趟讓我不斷想要回家的旅程，我離開，卻不斷地想抵達。從來沒有這樣過的，從來都不是這樣的，關於旅行，關於離開。但我這回卻像是在當「旅行兵」，每到旅館就開始在筆記本裡劃掉還沒結束的日期，夜晚還沒降下，我就已然想要跨越時間線，將時間調快，偏偏俄國比台北慢五小時，到了夜晚，人還清醒無比，直到幾日的奔波疲憊後，才漸漸調回了和俄國夜貓子同時作夢的時間。

也直到我來到聖彼得堡朝聖了「安娜」後，我才稍微心情寬坦些，不再為了寂寞與被俄國的冷漠襲擊而想要回家。

這三個安娜是我心目中俄國靈魂最美麗的女性。

一個是詩人，一個是作家背後的推手，一個是被作家書寫的女主角。虛與實，寫與被寫，全和作家這個軸線有關。

我想她們的生命中的任何碎片也都是我的靈魂碎片。

若沒有她們，俄國的近代文學星空要黯淡了。

致安娜——美麗詩人安娜．阿瑪托娃

離鄉背井，對我是人生最大的悲劇。

安娜，妳是這麼地認為著。離開母土就有如失了根。我在冰天雪地的路上踽踽獨行時不斷地想起這句話，隨著這句話的溫度，我的心就會更覺得悲涼。這些年我總是不斷地離鄉背井，這麼說來，我的人生是個悲劇了。

妳戀家，戀的倒非只是一個具體的窩，更多是一個精神的源頭，人生安頓的核心所在。

然說來荒謬的是，人生發展常朝相反路徑而去。妳希望安居，這際遇偏偏不給妳安居。祂要妳漂泊，要妳離鄉，甚至棄姓。

棄姓？這究竟是怎麼回事？

阿瑪托娃(註)不是妳父親的姓，相反的卻是妳外祖母的姓。這讓我想起我喜愛的法國作家莒哈絲，她是主動棄父之姓，因為她不要那個帶著「服從天主」意涵的姓。但妳不同，妳是被迫的。妳的本姓是葛連柯，父親堅決反對妳從事文學，文學在妳的父親看來是如此地低廉。妳遂無法以父之名昂揚文壇，妳得棄姓，妳得切割。

這一刀劃下去，父親家族的血脈之流被阻絕了。妳想起了母親，被上溯至外祖母的姓氏，妳用了外祖母這個有著韃靼族血液的姓氏為筆名，至此「阿瑪托娃」就成了一個在黑夜裡依然可以照亮人之詩心的螢光記號。我想妳的父應該要後悔的，因為文學之路從來無法由當下就可以驗收成果的，它必須通過時間漫漫長河的浸淫揉捏，然後才能成形開花或者萎去消失……

而妳是成形開花的。雖然成果來得如此漫長，雖然過程如此凌虐心智。但妳沒有被陣亡，妳沒有被嚇到，妳依然是妳，擦亮俄國近代詩壇的佼佼者。和妳稍晚三年出生的另一個女詩人茨維塔耶娃（Marina Tevetayeva,1892-1941），她就沒有走過生命的暴風雨，她在愛情激情與悲苦悲慘交纏的一生裡絕望地選擇上吊自殺。但妳沒有，妳活下來了，長達十六年的沈默封筆，妳終於活下來了，且走到生命該盡的終點時刻。

妳那同為詩人的丈夫古米廖夫（Nikolai Gumilev）早在一九二一年即以反革命罪被槍決了。妳活下來了，為了見證生命的另一種韌性。

但我重返妳的故居心裡還是覺得奇異，若是我們交換角色，我自問，我能夠走過這樣的時代悲劇與巨大苦痛的鞭刑嗎？

溫馨芳香的詩房——安娜故居：聖彼得堡噴泉宅邸

在那高貴的住宅
我既沒有權利
也沒有要求，
但湊巧地，
我卻幾乎在噴泉宅邸的屋簷下，
度過了大半生
當我走進時，
一貧如洗。
當我離開時，
也一無所有！

——阿瑪托娃

沿著聖彼得堡市區最熱鬧的涅夫斯基大道走，行至橋頭豎立著四匹馬的橋前，即是梵塔卡河。妳喜歡河，妳的心裡流著一條河，妳在河水裡看見生命的另一種光景。

堤岸盡是十九世紀的建築立面，從堤岸右轉到路口再往右轉，經過一座教堂，再行至路口右轉就會來到阿瑪托娃的博物館。

一路問著人，每個人都清楚地指出方位所在，妳的大名阿瑪托娃在此地無人不曉。一九二二年～一九五二年，整整三十年，妳住在此棟宅邸的南翼三樓，這間公寓見過妳一生的安居與流徙，喜悅與悲傷，相聚與離別。

我抵達時，博物館還沒開，在庭院裡端坐著，感到寒冷從腳底漸漸爬上，妳的銅雕像矗立庭院，瘦削而長。

十一點有工作人員漸漸來了，我才進了屋取暖。

爬上這間公寓，已有四、五個老婦在公寓門口等著，她們各有任務，有人剪票，有人盯著是否有買攝影券，或者有人守著房間文物，深怕有人越過線……

這間公寓如此尋常，像是回到我自家似的簡單素樸。

我很喜歡這間公寓，每一扇窗都面對著庭院。曾有許多和妳同輩的詩人造訪此，他們的照片也和妳的照片放置一塊，交織成命運的交響曲。

隨意可唸出的名字都是俄羅斯閃亮的詩人，馬雅可夫斯基、曼德斯坦、塔特林……

妳的房間是一九八九年重新考據當年妳在此地的情況而裝潢的。這些物品都很吸引我的目光，我可以站在一個角落凝視許久，凝視那些不再被妳觸摸的物件，一張書桌，一個咖啡杯，一只菸灰缸、一枝筆、一張紙、一具娃娃……

房間有紅色沙發，牆上掛著妳的油畫肖像和素描。這些畫作可不是泛泛之輩，這些畫是大名鼎鼎的義大利畫家莫迪里亞尼所繪。

莫迪里亞尼在一九〇六年抵達巴黎，於一九二〇年去世，自此成為悲劇性的傳奇畫家。而妳剛好在一九一一年來到巴黎，那是個藝術家光芒交會的年代，每個來自不同國度的藝術家帶著波西米亞之姿相濡以沫。就這樣，莫迪里亞尼為妳留下許多倩影，這真是令我羨慕啊！

我一直嚮往這樣的時代氛圍，不同媒材的創作者可以彼此交融，互相取暖。不若今日，我們的生活世界何其狹小，別說在自己的領域裡彼此冷淡，跨了另一個領域就簡直是陌生人。

那些牆上的肖像畫或者桌上的黑白照片都如此吸引人，還有燈和書桌。作家生活裡最需要的物質除了紙筆外，就是書桌和燈了。

檯燈捻亮著，映出妳桌子上的一些雕像，櫃子的一些收藏，還有化妝台，橢圓形的鏡子把我的形象凝結在妳的空間，我們跨越時空瞬間交會了。

這間房子是愛慾，也是離愁。妳在這裡，目睹自己的丈夫和兒子先後被逮捕，之後丈夫被槍決了，兒子也入囹圄，妳果然如自己所寫的詩：一無所有。

但妳心中還有詩。

假如詩是救贖，那麼詩就有了力量，詩就是妳的彼岸，妳依賴這種詩心，想像的昇華，以度過人生的苦澀。

作家從來都是站在燈光邊緣，同時沈浸在光與暗裡。我鮮少看見創作者有單一人格，或是單一人生。即使像是普希金或托爾斯泰這樣的貴族，其人生還是不會平靜，他們會把自己捲入掙扎的邊緣，為了愛情際遇的不可求或者源於生命與良知的午夜叩問。

我注意到妳的櫃子前還有一個佛像和銅香盤。那瞬間那物件把我的目光釘住了，那個銅香盤我也有一個一模一樣的，竟然出現在妳的空間。

妳有佛像和銅香盤，我讀了書才知道是因為這間屋子曾經在一九二八年邀訪日本人，當時妳還有另一個藝術家室友普因（N.N. Punin），普因也是拍下妳許多倩影的人，為妳留下在這間房子的許多美麗痕跡。

讓生命趨向空無，亮潔。
我將在詩裡頌讚你（而且只頌讚你），
以女人還未有過的才華。
而你將憶起所愛的人，
為她的眼睛，你創造了這樂園。
但我買賣稀有貨品——
我出售你的愛和溫柔。

——阿瑪托娃

曾經妳也有過快樂與耀眼時光的。

一九一〇年，妳才二十一歲，即與同為詩人的尼古拉·古米廖夫結為連理，那時候妳的世界還明亮快樂，緊接著一九一一年莫迪里亞尼為妳畫了十六幅作品，再接著一九一二年至一九一四年妳出版了《黃昏》和《念珠》兩本詩集，妳以亮眼之姿躍入文壇。

同時間，妳與丈夫和另一名著名詩人曼德斯坦共同發起阿克梅主義運動（Acmeism）。這個運動是詩人們當時對蔚為風潮的「象徵主義」發起改革，源於象徵主義的作品偏向晦澀難懂，詩人們因而鼓吹創作應該要清澄明晰。不難瞭解，在這樣的理念下，妳的詩傾向文字簡單，但在簡單裡卻蘊藏著多層的意義，讓人不斷咀嚼。

環繞在妳生活之間的文人我最喜歡的就是詩人曼德斯坦，我喜歡他的詩，在妳的空間裡也見到許多關於他的手寫詩稿。

像一份遲到的禮物，
此刻已經可以摸到冬天了：
我喜歡它的開場，
膽怯的擴張。
它的恐怖是美麗的，
像剛剛開始的恐怖行動：
就連大鴉都受到了
光禿禿的圓形大地的警告。

——曼德斯坦

曼德斯坦的人生也是悲慘的，他被捕時，妳正好客座其處，命運再次不放過妳，命運要妳在現場，目睹生命的無常與無奈。你們都因為在意識型態和文學態度上堅持自我，而導致和當局的決裂。曼德斯坦被捕之後受到蘇聯殘酷的迫害和審問，之後被流放，回到莫斯科後，次年再度被捕就自此下落不明。

如蝶翼般的色彩，如鋼鐵般的堅實。
這就是你們整個時代詩人的特色吧。

亡故的詩人被名聲套上了鐵圈，
和你一樣，我也套上了鐵圈，像一隻鷹。
沒有一個信使來找我，
沒有腳步聲在我的門前響起。

松樹和墨水的森林，
拴住了我的腿。
地平線敞開，
一個無信可送的信使。
小土墩迷失在草原上的游牧者
中間。黑夜的營地
繼續遷徙，小小的黑夜
繼續移動，引導盲人。

——曼德斯坦

來到妳的故居，最裡面是一間文學藝廊，牆上滿滿的黑白照片，大都是和妳同時代的詩人，其中還有著名的馬雅可夫斯基。

我在妳的屋子裡的冬日上午，只有我一個旅人慢慢地走在木板上，聽見詩的聲音，聽見生命的吶喊，聽見苦痛的幽魂飄盪。

窗外正飄著雪，一群幼稚園的孩子正好出來野放，孩子都穿著桃紅粉紅鵝黃水藍的羽絨衣，在雪地上打滾。雪地像是白色的棉床，他們恣意地玩樂。看見我的相機也是笑著，孩子是善意的，是彩色的。然而他們長大的樣子，卻是愁苦的，是黑色的。

那些躺在玻璃櫃的詩稿，滲透著時間的墨水，像是一面哀愁的鏡子，映出整個時代詩人的挫傷。

逝去的愛隨著時間疼痛日減，荒蕪的是熱情，以及對一切的落空。

Б-739
Гумилев

妳的這間公寓，是整個俄羅斯我最喜歡的角落。超過普希金的書房，超過杜斯妥也夫斯基的書房，超過托爾斯泰的書房……只因為妳的空間聞得到更多屬於女性那種寂寥與甜美並存的混合氣味，同時妳沒有普希金的貴族味，沒有杜斯妥也夫斯基的人神交纏味，沒有托爾斯泰一派井然的乾淨味。妳的空間拓滿的存在遺痕是如此地生活與如此地詩性，同時間飄忽著詩的感傷與哀愁，透照著妳目睹愛人被捕的悲傷，一種活生生的悲劇感仍凝結在此地。

我如此喜愛的妳。

安娜，以韃靼族外祖母阿瑪托娃為名的妳，如此堅毅，如此美麗，如此地度過風霜的晚年。晚年，政治風潮的改變又平反了曾經被認為反動的妳，而這遲來的變化早喚不回妳的夫妳的子。

妳靜靜地走過這充滿荊棘的詩樂園，同時間留下了詩的呢喃與美麗的物件，供一個來自遙遠的東方小島的女子憑弔再三。

妳將是我在俄羅斯的豐碩成果，關於我目睹了妳的存在，即足以撫慰我整個旅程的困頓與近乎是苦的孤寂。

旅行竟然旅行到「受苦」的況味了，這也只有俄羅斯這樣複雜的子民所能給我的。而妳沒有，妳給我的苦味，帶著滄桑的了然與成熟的感性。

我飽滿地離開，並再三回眸。只消我在此城孤寂了，我即晃蕩至妳的庭院，讀起了詩，或者只凝視著一絲雪的墜下。

聽見雪的聲音。

雪音如詩。

雪，雪，雪。
愛情聞起來像是蘋果。
野蜜聞起來像是自由。
盛開花朵聞起來似血。
塵埃，恍似太陽光譜。
……
上帝——像什麼也沒有。

——阿瑪托娃

我隨意地亂譯著妳的詩。我想詩的模糊性之美就在此吧。誰能說什麼樣的翻譯才能靠近妳呢。

我在現場，我就靠近了妳。我的美人，妳的亡魂依然不朽。有時，我不免想我有病，因為我總是喜歡女人甚過於男人，之於藝術家。

在現實生活裡，女人也都對我甚好，比之於男人。

這間房子有妳的另一段愛情。
在遠方只有風的迴旋音。
生命只關於記憶的記號。

什麼是記憶的記號？
比如一段深邃的愛情，一個時間的參與者。

↑安娜・阿瑪托娃年輕時的畫像。

我聞得到吊在大門口的大件大衣殘存著男人與妳的味道，一看那尺寸就知道那不是妳的大衣，是一件男人的大衣，我不必看它是誰的，就馬上意會到那是關於一個愛情的存在標誌。

大衣的主人是尼古拉．普因，一個歷史學家，一個妳除了丈夫之外深愛的男人，妳在一九一八年和丈夫離婚，一九二二年來此找普因，自此妳留了下來。

「你高興我來找你嗎？」妳問男人。

「我不是高興，而是一種快樂充溢，因為這樣的快樂，所以一切事物看起來是如此的安靜和乾淨，就像被白雪覆蓋般。是的，我快樂，當妳在我身邊時。」

男人回答得如此細膩與冗長。

妳知道妳將被俘虜了，妳看著窗外的雪中枯枝，妳低語回應：「在冬季如此漫長冷酷的季節裡，只有這裡是溫暖的！」

投奔於普因的妳，決定長留此地。

妳的前夫與兒子也來此停留居住過，也在此房子被捕，這似乎是妳無法倖免的命運。

因為事隔二十多年，一九四九年時，普因也在這間房子被政府逮捕了。牆上那件大外衣自從普因被捕至今依然懸吊在原地。這件大衣是普因給妳的最後記憶了，一九五三年普因死在監獄裡，妳又孤獨一人地度過生命的最後十三年。

一九六六年妳辭世。

妳的祖國還在共產編織的美夢裡掙扎度日，而我輩正緩緩地前仆後繼地等著降世。

我們一輩子能相逢相識相愛的肉身是如此地少，但我們一輩子能相逢相識相愛的靈魂卻何其多。

給我一篇詩，給我一篇小說，就是給我一個人的靈魂。

那些沿著牆擺放的皮箱，手工完美，放到任何一個跳蚤市場都會是被人認領回家的美麗物件，那些皮箱告訴了我，妳曾說的：「離鄉背井是人生最大的悲劇。」妳的化妝櫃有娃娃，華麗的布娃娃是否成了一種午夜的陪伴？

這空間的盡頭是廚房，空蕩蕩的懸吊著幾只鍋盤，我屏息一聞，毫無氣味。沒有美食的日子，能不挨餓就不錯了。

前方走道的老婦顧著妳的空間，她們對我微笑，語言不通，但還親切，可能因為幾個小時以來都只有我一個人在此流連吧。

之前她們執意要賣我學生票，不知道為什麼。

直接就賣給我學生票的價錢。

是我看起來還年輕？

還是因為只有學生才保有這樣緩慢凝視的熱情？

妳寫：「我並不常拜訪記憶，它總是使我驚奇！」

但妳又喜歡「記憶是詩人唯一的家」，這句話是妳喜歡的詩人普希金所說的。

我喜歡這句話，因此當我離開妳的公寓時，我並沒有離開，我帶著對妳的記憶，而記憶是我們唯一的家。

在這個家裡，我們是戀人。

註：「阿瑪托娃」（Anna Akhmatova, 1889—1966）又譯：阿赫瑪托娃，這個音比較接近俄文，但為了中文字面上的簡便，採取簡單好記的譯名。

↑杜斯妥也夫斯基的妻子——安娜。

致安娜——杜斯妥也夫斯基之妻，大文豪背後的推手

唉，都是另一個伴侶惹的禍，讓我在一個人的旅途裡常常不好受。

連賭徒杜斯妥也夫斯基都能得到救贖，能得到一個幫助他文學寫作事業的崇拜者，這真是讓我嫉妒。

一路走文學旅程，走了許多年。

看來還要叩問的已不是自己了，而是際遇。

六十幾歲的莒哈絲遇到年紀二十幾歲的安德烈楊，五十四歲的西蒙波娃也遇到二十幾歲的崇拜者。

看來我得「異化」自己，才能遇見「安娜」。

異化自己也就是我得不是我。

那麼我是誰？

我寫作，這項職業看來像是自給自足，但更像自生自滅。

我的生命沒有安娜，雖然我那麼渴望擁有這樣的安娜。

這個安娜又是誰？

這個安娜，了不起。

幸福者或許無法明白沈重與苦難對人生的作用力。

但杜斯妥也夫斯基無疑是最懂的。

因為他曾活生生地被綑綁著，等待下一分鐘走上斷頭台。他在心中告訴上帝，他想活，他對

生活的渴仰……

就在那一分鐘，生命翩然來了神秘使者。宣告死刑執行中斷。杜斯妥也夫斯基和幾個一起因為革命的份子被流放到西伯利亞，他成為階下囚。

臨死前一刻的際遇種種以及往後被囚的生活，都深深地影響著杜氏的作品內涵與深度。

直到他遇見安娜，生命中的安娜，對他衷心崇拜的安娜。這是杜斯妥也夫斯基在悲慘一生裡最大的幸福。

在一八六六年遇到安娜前，杜斯妥也夫斯基正陷入悲慘的際遇，先是他的哥哥和太太去世，他接手了他哥哥雜誌社留下來的債務，為了避免因債務坐牢，他從一家出版公司預支了稿費逃到國外，但在國外的生活他卻陷入賭博（為了贏錢以還稿債）的漩渦，同時他被當時愛戀的女人所棄，竟落到要典當大衣的地步。後來，他向朋友借錢先還了旅館費用，然後又寫信給一個期刊的編輯，請求預支稿費，他寫信說他將寫一本書叫《罪與罰》，最後稿費終於寄到，他在一八六五年回到了俄羅斯。

這就是影響近代社會寫實小說鉅著《罪與罰》的背後花絮，為了還債而寫的一本書。《罪與罰》是一本以金錢為主軸的原罪小說，倒像是杜斯妥也夫斯基的寫照。

於是《罪與罰》就在雜誌上連載著，且還頗受歡迎與矚目，但誰也想不到，正在執筆寫這部小說的杜氏其處境是如此艱難困苦。那時候杜氏不僅背著哥哥遺下的負債，且債主動不動就威脅他要沒收他的一切財產與逮捕他下獄。後來，他迫不得已，便將其過去寫的三本全集全數賤賣給出版商，狡猾的出版商用三千盧布收買了他的全集，卻還附帶一個嚴苛條件，要他在半年內交出一部新小說。

走投無路的他全數答應，但就在他寫《罪與罰》時，他忽然想起了和這家出版公司簽訂的合約已經剩一個月了。他必須在一個月內履行合約，交出一本書稿給出版公司，否則他將遭受嚴重的經濟損失與背信的法律問題。

就在他一邊被期刊催稿寫著《罪與罰》時，一邊又深受經常發作的癲癇症所苦，他已無精力再來寫另一本小說了，就在其燃眉之急時，一個年輕的速記員安娜．思尼金十分同情他的處境，同時也憤慨著出版社乘人之危的剝削，因此她幫助杜斯妥也夫斯基整理速記所有的文稿，歷經共二十六天，安娜完成了杜斯妥也夫斯基的速記工作，符合了出版商苛刻的條件與時間，這本小說就是《賭徒》。

近乎一個月的緊密合作，促使了兩人相愛，隔年，安娜嫁給了她心目中的文學天才，往後安娜的一生都以杜斯妥也夫斯基為核心，也深深以他為傲。

對一生都在受苦的杜斯妥也夫斯基而言，安娜有如是守護他生命與文學的天使，他仰賴安娜甚深，安娜也幾乎片刻不離他。據說當年杜斯妥也夫斯基只要出現在任何一個活動的演講或者朗讀，總得要安娜同行才肯去，而杜氏走上舞台的第一個動作一定以眼光找到安娜的身影後他才能安心開始說話或者朗讀。可愛的安娜，為了讓站在講台的丈夫能在一堆人頭裡馬上看見她，因此安娜總是會帶著一條白手帕，將白手帕往臉上撩過。甚至，有時安娜還會從座位上站起來，讓她引以為傲的丈夫可以第一眼就看到她。

我們無法理解寫出如此細膩殘暴精神小說的杜斯妥也夫斯基也像個孩子似的需要一個支柱。安娜是他一生的支柱，也是作品催生的間接者。《賭徒》這本書成了他們之間的媒人，卻也成了他們的生活預言。因為杜斯妥也夫斯基婚後仍然是賭徒一個，他總是夢想著有一天能從輪盤上贏得所有的錢，但他卻總是在賭盤上輸掉最後一分錢。

因此這段婚姻可以說是讓安娜吃盡了苦頭，歷經無數流離與窮困才逐漸完美。他們在結婚後不久，為了躲債，就逃到了國外，在外漂泊四年。

在國外他們的生活仍然艱苦，杜斯妥也夫斯基仍常沈溺於賭博，癲癇症仍常發生，再加上他們的第一個孩子出生未久即夭折，種種事情的接踵而至，都沒有擊退年輕的安娜。

即使如此，安娜對杜斯妥也夫斯基的愛從來不減，對丈夫文學天才的信心也從來不懷疑。她相信自己可以感化丈夫，使他從賭桌上重返書桌。

安娜曾經在日記上寫道：「他一天幾次地往賭場上去，把什麼可以輸的東西都輸光了。輸光後的他來到我的面前，哀求我給他最後一分錢。」那時候安娜還懷著孕，卻把一切都給了丈夫，自己躲在床上哭泣，等待另一個天明之後，她那輸光了一切的丈夫會跪在她的床邊請求她的原諒。

「我痛心的不是輸錢，而是他不再寫東西了，生活真是空虛得令人心痛啊！」安娜寫道。

其實在十九世紀至二十世紀初的許多俄羅斯作家都曾著迷於「賭」，也將「賭」寫進作品裡。連普希金和托爾斯泰都曾寫過關於「賭」的故事，普希金的《黑桃皇后》和托爾斯泰的《彈子房計分員》的作品都是在揭露賭博這件事，那也是他們的切身體驗。

只是杜斯妥也夫斯基比較倒楣，他從來都沒有贏錢。他寫賭也更直接，作品就叫《賭徒》。好在有安娜。

而這個安娜，果然不凡，她有慧眼識英雄，她知道真正損失的是丈夫的才華，她心痛的是這個最珍貴的無形東西。

安娜仍持續地鼓舞著她的丈夫，果然她的努力沒有白費，一個文學天才的浪子因她而回頭，從而改寫了文學史。

在他們婚後四年的某天，杜斯妥也夫斯基徹徹底底地輸光了一切，這一次他終於痛定思痛，不再賭博了。他忽然覺醒過去十年，他竟只是作著贏錢的夢想，在失去一切後，他醒了。「賭博

是一條束縛我的鐵鍊，我要開始我的工作了。」

於是，他們回到俄羅斯，回到這個讓他們朝思暮想的家鄉，有著白雪與黑麵包的祖國。

離開賭桌後，杜斯妥也夫斯基在書桌上寫下了他往後幾部最重要的小說，這整整十年，杜斯妥也夫斯基才真正嘗到了安靜的家庭生活，這一切全拜安娜之賜。安娜不僅努力地幫他還債，使負債的夢魘慢慢解脫，安娜並出面幫他交涉出版商等一切事務，且仍持續幫他的作品速記，包括《魔鬼》、《少年》和《卡拉馬助夫兄弟們》都完成於杜氏生命的最後十年。這十年，也是他活躍社會活動與文壇的時期，他演講，參加聚會，和讀者見面，寫論文，在報章發抒己見。他在世時，就已是全國知名的大作家。

我想不僅杜斯妥也夫斯基需要一個安娜，我也需要一個安娜啊！可惜我卻常成為別人的安娜！

一八八一年，杜斯妥也夫斯基的健康情況不佳，肺部血管脆弱。某天夜晚，他寫稿時筆滾落至書箱下面，他彎腰去搬動很重的書箱時，因為用過了力，導致肺部血管破裂，血竟從喉管裡噴出，他當時未驚覺其嚴重性，也沒就醫，三天後，杜斯妥也夫斯基就過世了。

知道文學大師過世的聖彼得堡居民，紛紛湧到他的家，弔唁者來去，有人在他身邊祈禱，有人以詩歌讚頌他。

他下葬時，有許多人跟在靈柩後面送行。

只有安娜，牽著孩子的手，靜靜地走著。

她知道，她的丈夫將會不朽。

而她以為自己終究會被遺忘。

但其實，誰能忘記她，沒有她，就沒有杜斯妥也夫斯基呢。

沈靜肅穆的庶民之家——安娜與杜斯妥也夫斯基之家

沒想到安娜與杜斯妥也夫斯基的故居離我住的旅館只有一站地鐵的距離，如果想要用走的，也不遠，只是天寒地凍，走太久的路是頗為折騰。

因為這個發現，忽然覺得每天回到旅館時，都深深覺得杜斯妥也夫斯基就在空間不遠處走動著，和他們很近很近之感。

從我下榻的旅館「普希金地鐵站」搭往「莫斯科車站」附近，走出地鐵外，往左即見到杜斯妥也夫斯基的雕像矗立，小說家穿著大衣在雪中沈思。我靠近雕像拍了照片，也特別仔細地看著小說家的大衣，以前小說家在窮困時，連他的大衣也被他拿去典當呢，有時贖得回來，有時連大衣也贖不回來了。

這一帶散發著杜斯妥也夫斯基小說裡特有的庶民氣味，教堂外的乞討者，走動的小販，賣花的卡車，冷凍肉店、蕭索的年輕人……，庫茲涅奇尼街轉角的這棟公寓就是杜斯妥也夫斯基一生寫作的最重要據點。

杜斯妥也夫斯基和安娜及兩個孩子在這棟公寓住了十幾年，《賭徒》、《罪與罰》、《卡拉馬助夫兄弟們》都是在這間公寓的書房寫下的，他唸她寫，合作無間。

一八八一年一月二十八日杜斯妥也夫斯基也在這裡過世，因而這間公寓特別具有紀念意義。

從地下室推開厚重的木門，迎面是賣票處和大衣寄放處，還有一間小小的展覽空間，正舉辦著聖彼得堡攝影小展。

這間房子沒有什麼太多值錢的家具，這間公寓的陳設都是根據安娜的口述一一還原了當年情況而加以佈置的。真正值錢的東西是作家留下來的物品，生前他戴的圓帽、書房的書桌、藏書與懸掛聖像，作家的信件、筆墨、手稿。

餐廳有著幽暗的美麗吊燈，我發現不同的作家或許會有不同的喜好與擺設，但相同的是，作家之屋的燈飾一定好看，隨處都有一盞燈相隨，立燈、吊燈、檯燈、壁燈，燈像是作家的另一雙眼睛，窺視人性暗影。

這個家最有力量之處當然是杜斯妥也夫斯基的書房，簡潔的書房沒有太多的餘物，大書桌的後方是一個長沙發，作家寫累了偶爾會到這裡小憩。除此之外就是書架，以及一個時鐘。杜斯妥也夫斯基的作息通常是工作到深夜，家人醒來時他則還在睡覺。書房是杜斯妥也夫斯基最喜歡的地方，他常一個人關在書房裡沈思。或者傍晚時，他也會到街上散步。

晚餐時光，是他和家人話家常的時間，餐廳擺設很簡潔典雅。晚餐過後，一家人會在客廳坐一下，客廳的家具是暗紅色系，在光影下，氣氛顯得很幽微。小茶几上還擺著當年杜斯妥也夫斯基常抽的一種菸草盒子，在燈影迷離下，有時猛一回頭，會錯覺以為杜斯妥也夫斯基還坐在那裡抽菸沈思。

客廳前方的大門是安娜抵擋上門催討者之處，她總是以身體遮掩著門內，她大聲地告訴債權人：「我老公不在家，有什麼事找我談就好了，你們不要找他。」安娜，擔負起這家裡的一切，從物質到精神，她都保護著她的愛人，保護著她的家人。

安娜的手稿也被保留在此，和其丈夫一同發著靈魂之光。

安娜曾經在回憶錄裡提到他們的婚禮：「禮拜堂燈光輝煌著，一組歌詠隊正在獻唱著，還有一群穿得華美的賓客。然而這一切都是後來別人告訴我的，因為直到儀式差不多舉行過一半了，我仍覺得這一切彷彿是迷霧似的，我只是機械地在自己身上畫著十字架，我回答關於牧師的問話也幾乎音量如蚊，根本沒人聽得見。我甚至沒有注意到，我們倆是誰先踏上紅地毯的——我想是他先踏上的，因為我一生都在向他讓步。……後來每個人都對我說，我在婚禮時臉孔蒼白得可

怕！」

這是安娜的手稿，文字也挺具有小說的氛圍。她的婚禮似乎是個未來預言，她應該先踏上紅地毯才對，但她沒有，她一生都在向丈夫讓步。

曾經杜斯妥也夫斯基沈迷賭桌的放縱，讓「絕望」幾乎殺死了安娜，但安娜撐過來了，且重新鼓舞了杜斯妥也夫斯基後來十年裡最重要的創作。

安娜的母性如此強大，她的耐性如此綿長，也因此杜斯妥也夫斯基自從遇見她後，就再也無法離開她。

也因此，我喜歡的是安娜工作的角落，窗戶垂著白蕾絲，小小的桌台上放著她崇拜的小說家丈夫肖像。另有一工作桌，桌上擺著一個陶瓷玩偶，以及筆墨和手稿等。安娜在這個小小的地方工作著，為作家丈夫整理稿件，聯絡出版商，和債權人交涉，照顧孩子，安娜是作家的妻子、孩子的媽、廚娘、最真實的朋友、助手、速記員、發行人、財政顧問、債務協商、事務經理……安娜身兼數職，為成全所愛，她完全沒有自己，她的自我人格因為犧牲竟完全消失了，且消失得無怨無悔，她眼前只看見偉大的丈夫作家，只看見他的需要，只看見他的一切。

沒有安娜，杜斯妥也夫斯基就迷失了。

安娜唯一的遺憾是，她認為她的丈夫到死為止都沒有寫下一部他自己滿意的長篇小說，而這個原因就是因為「我們欠債」，他寫作都是為了還債，所以他不滿意。安娜總是幻想，如果自己有錢可以幫助老公就好了。但她沒有多餘的錢，他們的生活總是在上　個債務和下一個債務中喘點息。

無能帶給老公一個優良物質的生活環境，這是安娜一生最深的遺憾。

「在我們婚後的十二、三年當中，我必須忍受一種在物質上說來是苦的生活，真是苦得可怕的生活！」

諷刺的是，杜斯妥也夫斯基一生的債務是在他死前一年才還清，然而他已經生命無多了。苦得可怕的生活！安娜這樣寫道，我可以想像在深雪的北方裡，沒有物質之苦了。「那幸福的冬季過得好像一場夢似的。」鞠躬盡瘁，死而後已的安娜！

我多麼需要一個這樣的安娜！
但我去哪裡找這樣的安娜來到我寫作的生命。
我只要小心不要成為別人的安娜就好了！

致安娜——托翁筆下的女主人翁：安娜卡列妮娜

幸福的家庭全都非常相似，但不幸的家庭卻各有各的不幸。

——托爾斯泰

我在街上總是尋著安娜的身影，我想在俄羅斯的美女身上，發現安娜卡列妮娜的臉，那是一張美麗卻具毀滅感的臉。

沒有這樣的臉。

俄羅斯女人的臉不是太輕就是太重，輕者無激情，重者太靜默。

勇於逐愛卻招致幻滅下場的安娜卡列妮娜，是俄國大文豪托爾斯泰筆下最為人熟知的作品主角。

這是一個虛構的安娜，但卻比真實還靠近真實。

因為我們的身邊永遠存在像安娜卡列妮娜，只是有人對愛慾的野性被覆蓋了，或者被馴服了。而安娜不願意被覆蓋也不願意被馴服，她要正面迎向壓向她的感情列車。然而最終迴縈安娜心頭的是無回應的激情，於是她走向死亡。

安娜，不是虛構的人物，雖然她來自虛構。

托爾斯泰寫安娜的靈感卻是來自新聞報導的真實事件。

《安娜卡列妮娜》是托爾斯泰少見的「愛情」作品，也是托爾斯泰少見的社會寫實「通姦」題材。托爾斯泰一直想寫一本反映現實的社會小說，他曾說：「這時代是夠煩心的，無論向哪裡看去，到處都是問題。」

早在一八七〇年，托爾斯泰就定下了「安娜」的原型：已婚的美麗上流社會女人，在遇到真愛後，卻失了足。「我寫這個女子只會描寫她的情境與內心糾葛，但不會去描述她的罪。」有了人物的原型後，許多的人物便開始繞著安娜這個女子轉。

一八七二年一月四日晚上發生了一件新聞事件，促使托爾斯泰動筆寫這本小說。新聞是有一位年輕貴婦來到莫斯科車站臥軌自殺。托爾斯泰得知這個新聞，幾乎就是他欲動筆寫的安娜再現，他還因此跑去出事現場，目睹了死者血肉模糊的慘狀。隔天，托爾斯泰從報紙裡讀到新聞的女主角原是某莊園主人的情婦，因莊園主人另結新歡而遭拋棄，因而傷心臥軌而亡。

這個新聞事件的女主角就叫安娜，也是托爾斯泰的創作原型。

托爾斯泰彷彿受到新聞的暗示，因此他就將新聞事件的女主角挪移到他要動筆寫的小說內容。至於安娜的外貌想像，據說是托爾斯泰根據詩人普希金的女兒瑪麗姬為版本，瑪麗姬是標準的貴婦美女，美豔而深邃，神秘而深情，也因此小說以她為版本，女主角生動的描述就這樣誕生了。

為追求真愛而拋夫棄子，又因愛的幻滅而傷心赴死的安娜，在托爾斯泰筆下對她充滿了憐憫而不是責難。

寫於一八七三至七七年間，這部作品讓托爾斯泰的文學達到藝術的高難度顛峰，從人物的內心掙扎與細節著手，刻畫了人物的複雜心理層面，可以算是近代寫實小說的一大突破。

於是，安娜卡列妮娜不只是探觸到愛情與慾望的深淵，也將愛慾伴隨而來的出軌、迷惘、嫉妒、情不自禁、兩性與社會封建都描述得爐火純青，這是托爾斯泰少見的愛情小說，但其實剖開來看，卻又不只是愛情，愛情只是一個引子，托爾斯泰藉著這個元素，卻碰觸了更高層面的探究。

這是其作品裡最容易入手之作，讀深讀淺皆可。

安娜像是一部女人的啟示錄，也是女人的一面鏡子，表面是每個人在讀她，但事實上是我們在讀我們自己。我們會自問：「夫妻是什麼？」「愛情是什麼？」「生命是什麼？」

再激情的戀情，都會褪色，離開婚姻的安娜，卻又墮入另一場愛情的糾葛。之後，安娜卻兩邊都無容身之地。

然而，托爾斯泰描述這段危險愛情是以細緻的筆觸來作為開場。

佛隆斯基見到安娜時，他感受到安娜瞳孔裡的生命力之美。

「這短暫的一瞥，佛隆斯基立刻看到一股被壓抑的朝氣，那朝氣在她的臉上嬉戲著，在那晶亮的雙眼和被若有似無微笑扭曲著的紅唇之間流轉著。似乎有一種過剩的生命力充滿她的全身，那生命力違反她的意志力，或是顯現在那熠熠生輝的眼神中，或是浮現在那微笑中。」

迎接她的是愛情的甜美與風暴，肉體慾望的佔有與幻滅。

安娜是誰？

安娜是我們每個女人的原型。

我們所缺的只是類似安娜的那種際遇來考驗我們，如果我們也有此際遇，我們也許也難脫致命愛情的吸引。

安娜臉上那種豔麗只有在戀愛中的女人才會見到，而那種豔麗也來得快去得快。

桃莉是唯一沒有排斥因為追求真愛而拋夫棄子的安娜朋友，她曾說：「我永遠愛妳。若是愛一個人，就要去愛她整個人，如實地照她原來的面目去愛，而不是希望她是怎樣的人。」

我們很少能夠如此地「愛」一個人。

「夫妻之間如果不是決裂，就必須徹底相愛。」安娜這麼地想著。

「我要的是愛，但已經沒有愛了。一切都已結束，非結束不可。可是該怎麼辦才好呢？我該到哪裡去呢？」安娜在心裡沸騰著。

「是呀，還是死了好。……丈夫和孩子的恥辱與羞愧，以及我這個可怕的恥辱，都可以因為我的死而獲得解脫。還是死吧！這樣他也會後悔，會憐憫我，會愛我的。」裡面的「他」就是佛隆斯基，安娜走投無路了，也想以死解脫。

「死——這個唯一能夠在他心中重新喚醒對她的愛。」

「昨天的感情帶著新的傷痛，開始刺向有病的心臟。」

「我們不是分手，就是在一起，只能擇一。」

「不，我再也不會讓你折磨我了。」她沿著月台走去，走過車站的建築物。來到月台盡頭，載貨的列車駛了進來。突然間，安娜想起第一次見到佛隆斯基那天所發生的火車撞死人的事故。於是她知道自己該怎麼做了。

「我要懲罰他，擺脫所有的人和我自己。」她對準車輪和車輪之間的空隙躺下來。有什麼巨大的、無情的東西，撞在她的頭上，從她的背上輾過去。她無力抵抗，叫了一聲：「神呀！饒恕我的一切！」

而她的男人佛隆斯基在小說結尾說了一句整部小說最具重量的話，安娜死後，佛隆斯基決定參加志願軍：「作為一種武器，我還有一些用處。可是作為一個人——我已經是廢墟了。」

我已經是廢墟了。

有多少人在愛情焚風燒過後成了廢墟？

沒有天荒地老。

也許，我也是廢墟了。我在冰雪中穿過熱鬧時髦的阿爾巴特街，我常感到我對人生這一切都不是那麼感興趣了。

安娜是誰？

安娜是過去的我，也是漸漸遠離的我自己的「舊我」。

我感到我生命對愛情的激情已日漸減少了。

我想再次呼喚像安娜般的熱情，但卻不可得，因為只有愛情需要「客體」的參與，沒有客體如何燃燒，愛情無法自體燃燒。只有寫作我還可以呼喚到安娜，只有寫作我或能還存留著像安娜對愛情的獻身熱情。

安娜是誰？

我望著迎向我來的俄羅斯美女，我在內心不斷地看著，問著。

我找不到安娜，但也遍地是安娜。

ФОНТАННЫЙ
ДОМ

致三大文豪

他們把個人的苦難變成世界的明光。

俄國文學家當然極多，且他們多有另一枝筆——畫畫。詩畫、文畫同體，一直是俄羅斯文學家獨有的特長。這和中國文人倒有些相像。

因此逛俄羅斯文學家的故居最大的另一個收穫是親睹他們的繪畫手稿，那是過去我在坊間許多書籍裡無法見到的。

問俄羅斯人最喜歡的大文豪，其中定然有普希金與托爾斯泰，在共識上，他們皆認為沒有普希金就沒有俄國文學（因為早年俄國貴族說的常是法語等，或者說俄語時總得夾著幾句法語）。是普希金才將含有印歐語系與斯拉夫語系的俄語提升到優美文學的境界。

經過普希金和其同時代作家的不斷豐富化與精雕細琢之下，使得俄語逐漸成為俄羅斯民族的最高語言，而將其他歐語排除在外。

所以現代的俄語概念從廣義上來說是指從普希金時代一直用到今天的俄語。

普希金遂被稱為俄國文學之父。

至於托爾斯泰，俄羅斯人也十分喜愛，托爾斯泰所寫的俄文十分優美（有的小說他也夾雜法語），且因其風範，締造了托爾斯泰在俄國人心中如神般的崇高地位。

我個人卻最喜歡杜斯妥也夫斯基的作品，俄羅斯人聽了都會先發出一些語嘆詞，這樣喔！他

От автора. 2004
В.Л. и А.С. Пушкины и Муза
Ю.В. Иванов. Тушь, перо. 1996

也很偉大啦！語氣不像談普希金或者托爾斯泰時那樣堅定。畢竟，杜斯妥也夫斯基的作品對許多人來說太沈重了，沈重至有點「變態」，小說人物大多帶有「犯罪心理的精神症」，使許多俄羅斯人在已然沈重的日常生活裡比較畏懼再讀其作。

早年我對俄羅斯的印象都是來自杜斯妥也夫斯基，他讓我一直以為俄羅斯是個深沈又充滿陰沈之地。

當然我也喜歡普希金與托爾斯泰，只是他們兩個的文學之普世價值地位是眾所皆知了。而我喜歡杜斯妥也夫斯基是因為我覺得小說家必然得去探觸人性深淵的極致，在這一點上，杜斯妥也夫斯基的小說幾乎到了讓人心裡抵達「戰慄」的地步，我覺得他是天生的小說家。杜氏的作品今天更反映了當代的俄羅斯現象——貧富斷裂的社會問題，讀杜氏的小說幾乎可以切中今天的俄羅斯底層，讀來常是深有同感。

普希金的浪漫與唯美，托爾斯泰的良知與反思，杜斯妥也夫斯基的尖銳與叩問……交織成我這趟俄羅斯文學旅程裡最精彩的美好時光。

如果不是因為他們的靈魂勾引，我斷斷不會想要再次造訪俄羅斯。

他們的作品讓俄羅斯的近代文學享譽於世，說來，文學家生前是困頓的是苦難的，但他們最後卻以他們的苦難，為世人點亮了最大的靈魂明光，且世界因為有他們而有了文化傳承與地域性的可貴資產。

這些年我在世界的版圖裡行經過無數的文學故居，會見了許多高貴靈魂，我常自問的是，當生命一切終將成廢墟前，我將遺下什麼烙印給予後人慰藉？我的島嶼又將留下什麼文化資產給後人明光，以及記憶？

普希金——天才詩人的狂狷與執著

如果不是因為美女，普希金（1799-1837）可能不會那麼早死。但如果不是因為美女，普希金可能不會留下那麼多歌詠愛情的詩作。

活為美女，死也為美女。

抵聖彼得堡，總是會去憑弔普希金，他因為愛情和尊嚴而喪命在情敵的槍下，這故事已成了一則淒美的傳說。

一八三七年一月二十七日下午的這場決鬥，不只納塔麗亞這位美女失去了丈夫，俄羅斯更是失去了文聖詩神。普希金是開創俄國文學的巨擘，幾乎等同於俄國文學的符號，就像莎士比亞之於英國。

詩人！不可重視眾人之愛。
他們的嘈雜掌聲消失迅速，然後
你就聽見愚人的批判，與
群眾令人寒心的訕笑。
你當屹立，定靜而岸然；
你是國王，國王有其自己的生命。
你自己的自由精神在召喚你
要你完美你自己的夢與開出花……

——普希金

由這一首詩可以看出普希金的詩人個性，當然是桀驁不馴，他曾多次以筆墨為武器，撰寫許多批評沙皇與制度的文章而遭到監視與放逐。但他一直信仰自己的良知，認為在詩的國度裡詩人就是國王，所以一個國王哪裡能忍受頭戴綠帽，他決意一戰才能泯恩仇，以決鬥來維護自己的家門清譽。

我盯著納塔麗亞的油畫肖像良久，真是美豔絕倫啊！她的美帶有一種幻滅的美，足以把人迷住，也足以讓人為她赴命，她的美也為普希金的一生染上了血跡與傳奇。

普希金的外祖父其實是黑奴，卻很受彼得大帝的喜歡，而晉封為貴族。所以普希金有黑人血統，說來長得是其貌不揚。因此當帥氣英挺的法國軍官情敵丹提出現時，深深威脅了他的自信，加上丹提寫誹謗信挑釁他，也促使他下了戰帖。

對決的下場：不是你死就是我活。普希金中槍，兩天後死亡。丹提被沙皇放逐，而俄國呢，當然至此文學天空就少了最耀眼的明星了。

世界將長久地，長久地
充滿你的血所寫的記憶，
在荒涼的海波中安息吧，
光輝的聲名將籠罩著你……

——普希金〈拿破崙1821〉

詩人寫給拿破崙的詩，彷彿也成了自己的墓誌銘與預言詩。詩人是預言家。

莫斯科普希金紀念館

許多觀光客日日行經普希金故居而不知。

這是莫斯科阿爾巴特舊街，行人徒步區。朝聖觀光客日日如水過，冬季少些了，但當地人也頗喜歡在此徒步區閒晃，何況不遠處還開了家最受年輕人喜歡的星巴克。

阿爾巴特街五十三號就是詩人普希金的故居，此是普希金美好的時光印記。一八三一年，三十二歲的普希金與十八歲年輕貌美的納塔麗亞新婚，他們住到了此地，但只短暫地住了三個月，就搬到聖彼得堡了。

這故居已成紀念館，但因普希金在此僅僅生活三個月，所以沒有太多物件可供觀賞，展示的多是普希金手稿以及家具，還有鐘，俄羅斯的作家故居都會有這口相同款式的大鐘，似乎是那時候時髦的擺飾品。

但我卻頗喜歡裡面的紀念品店，很小間，但蒐羅非常多的普希金相關設計品以及普希金相關叢書。買了兩只彩繪普希金與納塔麗亞肖像滾金的盤子，紀念品店的婦人小心翼翼地包好，雖然沒有微笑，不過態度十分典雅。這使我的好感又增一分，而且她沒有向我多收包裝與塑膠袋的費用，這在俄羅斯簡直是奇蹟呢。

走出故居，走在街外。

看到故居五十三號的對面矗立著才氣縱橫的詩人與美麗的妻子雕像，像是童話故事裡的主角，不過卻以悲劇收場。詩人的嫉妒，美麗遭覬覦，都是埋下悲劇的種子。

還是阿爾巴特街徒步區讓人簡單歡喜，這條街一直是莫斯科自十九世紀普希金的年代以來，最富藝術氣息的大街，是許多作家與詩人和畫家、音樂家集結之地，至今路邊依然是街頭畫家林立，咖啡館餐廳沿街，帶有一種少見的俄羅斯閒散氣息與波西米亞的風味。

我喜歡這條街，只有這條街可以緩慢放鬆，可以不被車流驚嚇。

我喜歡這條街，只有這條街有咖啡香瀰漫，可以讀詩或者讀人。

莫斯科普希金文學館

普希金並沒有住過這裡，文學館以他命名，是為了向詩人在俄國文學龍頭地位的尊崇致敬。這裡展現的是十九世紀以來的文學家生活面貌，服飾、家具、餐飲、擺設、收藏品……以普希金為首，重新再現十九世紀文學藝術的輝煌光華。

這間建築的採光有著俄羅斯少見的「透明」、「簡單」，像是溫室花園般，一入館內，就看見天光從整片的玻璃天窗穿透。這原來是一座豪宅莊園，本身就具有大器的格局，一九六一年才重新以普希金文學館面貌問世。

明亮的大廳裡，有著幼稚園的孩童正在老師的指引下在做著一些遊戲。然而離開大廳進入展覽館後，又旋即墜入一片昏暗。

十九世紀的文學家生活都帶有些中產階級和貴族的氣息，俄羅斯從很久以前就一直喜歡滾金邊的杯杯盤盤，因而更貴氣。

逛了一圈就出來了，沒有讓我特別心動的東西。

倒是大廳裡的那些美麗的俄羅斯孩子還在玩著遊戲的神情讓我心動，金髮的馬尾女孩，長大將像是明星娜塔莎金斯基般亮眼，她一直吸引著我的目光。她很快地也注意到有個陌生人一直在覷著她，對於我的鏡頭一點也不閃躲，這女孩竟是我在普希金文學館最深最美的畫面。

之後，我在旅館讀著之前在紀念品店買的普希金英文詩集。

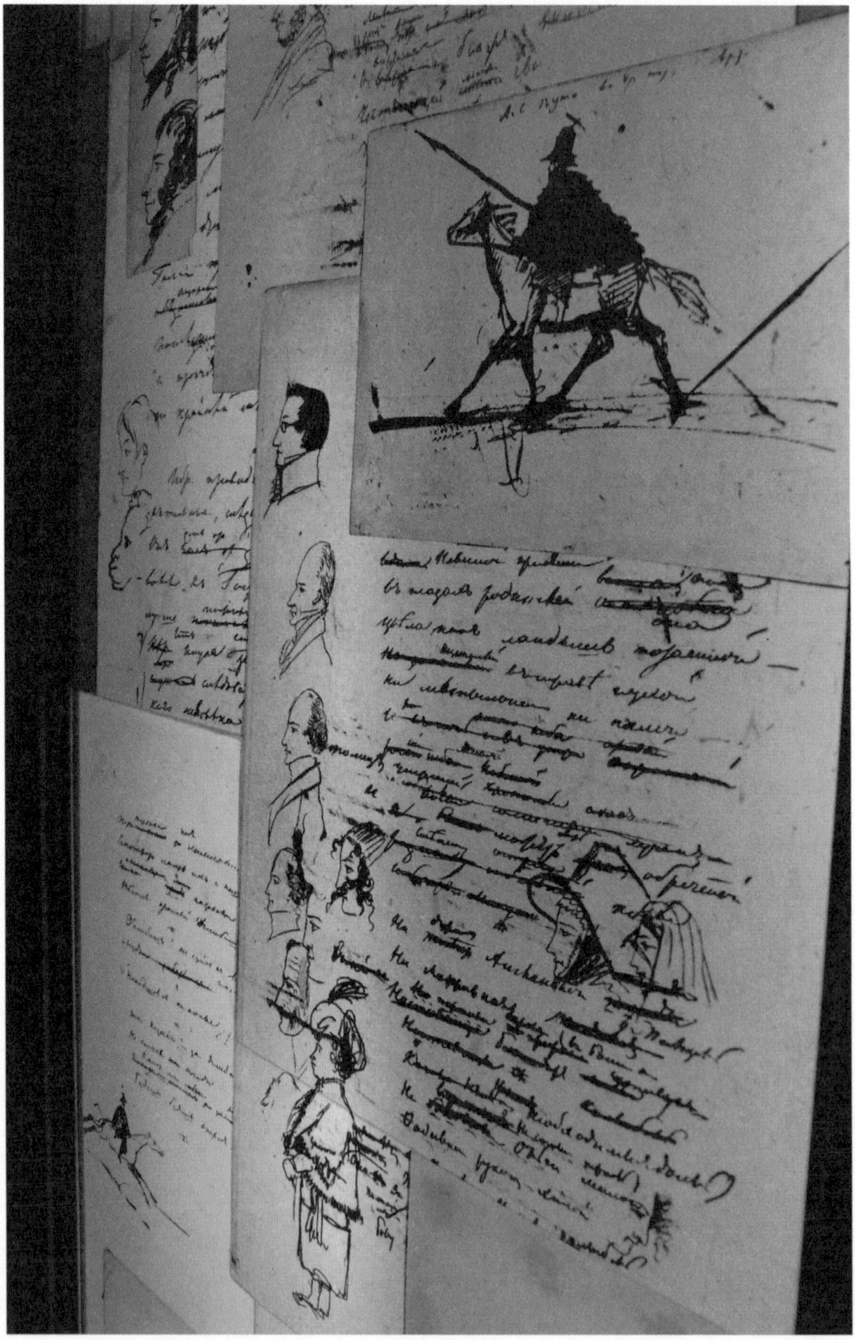

從天亮到另一個天亮，
兩年來總是在匆忙。
無所事事，卻忙得團團轉，
在戲院裡，在筵席上，
又是歡樂，又是呵欠的；
唉，哪裡有一點鐘，
讓我有過一點清靜。
我就像一個教堂執事者，
遇到了星期四的復活節，
在講經台上受盡苦難。
然而，多謝，多謝老天！
現在，我已經走上了
平坦的大道，我已經
把日常的憂思與煩擾
都從我的門庭驅除了
……
現在我住在一個小城裡。
得以享受一個懶惰的
哲人的崇高的清幽
……
生活在僻靜的一隅，

從不去想痛苦與悲哀，
只暢快地作個愚人，
飲食也都隨心所欲。
……
如果願意，他可以
邀一群繆思來饗宴
……
我常常很興奮，
把整個世界都忘記，
我結識的只是古人。

——普希金〈小城，1815〉

邀一群繆思來饗宴，我結識的只是古人。這也是我的生活寫照啊。

聖彼得堡普希金故居博物館

普希金最重要的生前物件都在這裡了，普希金的過往遺跡，都活生生地被保留下來，連他生前與情敵決鬥所穿的衣服都妥善保存著。

這裡有著普希金的悲傷印記，他為了維護榮譽而死亡，但那個榮譽的核心卻是一場愛情爭奪戰。

去博物館前，我先讀過了普希金的一首關於愛情的詩，雖然寫的人不是納塔麗亞，但卻形

塑了詩人對愛情的哀傷無常感，有如月亮的陰晴圓缺。詩的結尾甚至還隱喻了日後的愛情悲劇：「何以我和她竟然分離」。

怎樣都難止息的慾望
唉，愛情的無益苦痛。
遠遠地飛去吧，一如以往！
安睡吧，不幸的愛情！
那樣的夜晚不再來臨，
你不再透過幽暗的夜幕
以你神秘而靜謐的光
蒼白地，蒼白地照出
我的戀人的美麗臉龐。
啊，情慾的激情怎能夠比
那真正的幸福和愛情
給予的秘密之美的慰藉？
你能不能飛回來，愛情？
……
月亮啊，你為什麼溜走了，
消隱在那明亮的天際裡？
為什麼曙光無情地閃耀？
何以我和她竟然分離了？

——普希金〈月亮，1816〉

這間博物館，起先十分漆黑，就幾只燈泡投射在普希金的手稿與畫稿上。總是冷不防被角落的老婦人嚇到，這些在博物館裡度過餘生的老婦，總是在角落裡打盹或者打毛線，不打盹的時候就睜著小眼，死盯你手上的相機，或者監視她該做的一些微細小事，比如看你是否有觸摸物品，或者走過來看看你是否有買攝影票，要你不能接聽手機等等。

但大部分的時候她們都是無聲的，像是鬼魅般地杵在不甚亮的角落，往往轉個彎，會突然被她們嚇到。

這是逛俄羅斯博物館特別深的幽魅感受，這感受來到了普希金生前最後的居所博物館更是擴大了幾倍。

這間博物館是愈走愈精彩，起先都是普希金的一些手稿、裝飾品、餐盤和家具等。走至最後一間的書房，我以為此地是整個視覺的高潮。普希金的書房因為年代有些久，所以藏書看起來都十分古舊，藏書四千冊以上，滿滿的黃金屋，普希金的書桌仍維持百年前的模樣。從藏書裡可以看出普希金才子崇拜莎士比亞與詩人拜倫等作品，閱讀各國的文學，十分廣泛。

這間書房是不能攝影的，我只好將眼睛瞪大，像是輸入影片式的將剎那的記憶牢牢記住。打開另一道門，又是剛剛入口的老婦。這博物館是迴圈動線，起始同處。我本要推開門走了，那老婦忽然走過來拉我一把，駭了我一跳。她神秘兮兮地指著我走到右邊高高的木箱前，我實在不知她葫蘆裡要賣什麼藥。她忽然掀開蓋在木箱上的白布，我才看清不是木箱是玻璃箱，裡面有普希金死後的臉部模型，以及徽章等。接著老婦小心翼翼地蓋起白布後，又把我拉到左邊的玻璃箱前，一樣的神秘兮兮，拉開白布，指著玻璃要我看。

我趨前一看，是普希金決鬥時所穿的背心，似乎還沾著泥土與血跡，還有一玻璃盒內裝著一小撮詩人的髮絲。

接著老婦又領我到她的角落，試著向我兜售關於普希金故居的紀念集。我沒買，她攤攤手，又指指玻璃櫃，意思是這些都不能攝影，只有在書裡才看得見。沒關係，我的記憶已經將畫面儲存了。

下樓後，只見其他角落的婦人仍然在打盹。忽然覺得之前的那個老婦還真認真。脫下紀念館的鞋子，換上自己的鞋（此為俄羅斯博物館的特色，進到任何一個空間都得先換鞋）。走到寄衣間遞上號碼要領回自己的外套時，寄衣間的老先生（唯一博物館的男士）他從牆上拿下四、五本書看我要不要買。我沒買，他有點意興闌珊地將外套遞給我。

這裡的老人似乎被賦予一種責任：要推銷博物館的書。

有些書因為在莫斯科時已經買了，所以無法讓他們有些業績，何況書是旅者最大的負擔呢。

推開大門，走上涅瓦大街時，我想待返鄉，我最記得的恐怕是那個神秘兮兮的老婦，以及普希金那沾過血跡的背心以及黑色的髮絲……

我忽然在心裡頭想起了曾經讀過的普希金詩句：

有成莫求讚美，
讚美存於內心；
你自己就是審判者，
而且是所有審判者中最嚴格的。

我就是自己的審判者，而且是所有審判者中最嚴格的。人要自律，文學家的作品更是一種自律的意志與華采的才情兩相交鋒之下的表現。

我就是審判者，我明白這句話。

在風雪中，徒步走著，腦中不斷盤旋的是詩人的黑色髮絲，不再呼吸的面具……

還有千金難換的字字手稿。

醒來吧，詩人！有什麼值得你嚮往？
她毫不聽從，也不理解詩人的感情；
你看她豔麗，你呼喚——卻沒有回音。

——普希金〈夜鶯與玫瑰，1827〉

詩人為愛情獻祭生命，愛情卻注定如玫瑰凋零。

這世間有什麼是值得我嚮往的？

我在逗留的咖啡之屋裡，品著咖啡也想著這樣的問題。

杜斯妥也夫斯基——人性深淵與靈魂的拷問者

今日走出旅館時風雪頗大，帽子得壓得低低的才不會臉上覺得十分刺骨。走出地鐵後，天氣有絲回溫，乾雪轉成了濕雨，濕答答卻更難受。

這樣的泥濘，似乎更符合杜斯妥也夫斯基。

灰暗的天空，刺骨的天氣，陰暗的巷道……壓著頭走路的黑衣人。

子是從大師身上的皮膚污
來，或至少可以免於死
得解脫。

「他穿得非常寒酸，就是換成別人，哪怕是窮慣了的人，也羞於白天穿著這種破衣服上街。不過這一帶，就是這樣。無論你怎麼穿戴都很難驚嚇到別人。鄰近的乾草廣場、林立的酒館，以及在彼得堡中心這些大街小巷雜居的眾多工人和工匠、有時會為這幅圖畫增添各式丑態的過客。人們當然早已學會見怪不怪了。年輕人的內心充滿對周圍世界的憤怒和輕蔑……」——《罪與罰》

其筆下的雜亂乾草市場氣味猶似殘存。他曾寫到小說人物對於乾草市場這一帶的著迷：「以狂喜的心情，彎腰親吻滿是泥濘的石頭。」

放眼我現下走的這一帶，曾經是杜斯妥也夫斯基（1821-1881）生活的十九世紀整個城市最糟糕的貧民窟，可以想像當年杜斯妥也夫斯基住在此地的艱困，而這艱困也為他提供了小說的社會舞台。

「隨著下沈的心情與顫動的神經，他走近一個傍靠著運河，俯瞰大街的大房子。這一座建築被分隔成許多間小公寓，裡頭的房客包括了各類型工匠：裁縫師、金匠、廚師、德國人、妓女、卑微的公務員。人們經由兩個馬車出入口進進出出。」——《罪與罰》

在等待故居紀念館開門的時間，我一一尋覓著杜斯妥也夫斯基《罪與罰》主人翁的相似身影。我早到了四十分鐘，上午十一點才開門。

這間故居位在兩條馬路交接的街角，所以往左往右往前往後，都有許多人在此交會離去。杜斯妥也夫斯基常住到有這樣街角的房子，這讓他有一種觀察他人的制高點，但別人卻無法觀察他的一種疏離感。

他的小說人物和他看的視野幾乎是一致的。

小說作者與小說人物幾乎可以重疊。

故居紀念館的門口和上方玻璃窗貼著杜斯妥也夫斯基的經典畫像：深邃的面龐上帶著謎樣的苦澀，近乎帶點禿的前額，瘦削的臉與下巴，突出的鷹勾鼻旁掛著一些落腮鬍……

整個人就是極其神經質的感覺。

他的妻子安娜初見到他時曾說：「他看起來比較老成，但說話又顯得年輕些。他的髮上抹著髮油，平順地貼在後腦勺。整張臉最讓人吸引的是他的那對眼睛，茶褐色的瞳孔，似乎沒有彩虹的影子。細小的眼睛下，卻有著謎樣的神色。憔悴的面容卻有著洞悉人世的眼神，極其不協調……」

十分貼切的形容，完全就是他的寫照。

其油畫肖像貼在瑟索的街道，像是其幽魂還在此凝視他所喜愛又厭惡的聖彼得堡，有一種劇場的效果。

早年我對俄羅斯的印象即來自杜斯妥也夫斯基，一個文學家可以跨越邊界，將夢境植入另一個異鄉人的腦中。

杜斯妥也夫斯基對一般人實在是名字夠長的，偶爾我會簡稱為「杜氏」。

在我這次寫的普希金、杜斯妥也夫斯基與托爾斯泰三大俄國文豪裡，其實我最早接觸的作品是杜氏所寫的《賭徒》、《白癡》，高中在圖書館亂借亂看的。

真正喜歡杜氏的作品是讀到了《罪與罰》，我一生總是同情因為環境逼迫或者種種際遇之下的「犯罪者」與「無辜者」，我一點都不適合當法官。杜氏的《罪與罰》，常讓我想起歌德的《徬徨少年時》，但更寫實更怵目驚心，尤其是犯罪現場的描述，以及主人翁的逃亡心理過程的種種細節描述，讀來讓人印象深刻，且深感糾葛。

杜氏可能也多夢，因為他的筆下人物多夢。夢的出現通常反映白日，他確實是第一個觸及到這個層面的心理小說家。

他生活在聖彼得堡，也讓他的人物融入聖彼得堡。

他捕捉所有的日常細節，以及人物的心理過程，然後用文字的高度技藝來描繪出一幅又一幅的文學圖像。

杜氏和普希金與托爾斯泰出生的貴族家庭不同，他來自平民小老百姓家庭，且父親對他極為嚴苛，他的陰鬱寡歡性格也和原生家庭有關。加上他的一生都在為貧窮這件事痛苦，因此寫出的作品像是反映了大部分人的生活困頓，也激發了許多人去思考社會問題。

晚年他的作品又從社會問題轉而探討愛恨與人神之間的種種情結，他的作品深邃，夾雜著繁複的戲劇性情節，把道德與社會和宗教融入了小說中，洋洋灑灑一大冊，並不算好讀。

由於他的作品對人性與社會有深刻的病態描寫，據說列寧就曾對他的作品表示：「我可沒有時間讀那些廢物。」

但實情是，杜氏的影響力在俄羅斯十分廣大，對近代的歐美許多名家更有啟蒙的作用。

杜氏的一生起先是個悲劇，直到他遇到了速記員安娜，才改寫了他的一生。

這場與安娜的婚姻，徹底扭轉了他，他從一個天才卻淪為賭徒，最後才又變成一個自律甚嚴的天才型小說家。

杜氏的作品有一個特色是，他擅長將小說主人翁從外在世界轉往心靈道路時產生種種歧路的情境書寫，他的小說情境都是寫實的，取之於周邊的社會人事。

杜氏的筆下主人翁也可說是夢想家，也是具有毀滅自我與他人的下層階級。

晚年，他嚴格遵守散步與寫作的時間表，然後由一心一意侍奉他的妻子為他速記打字，於是

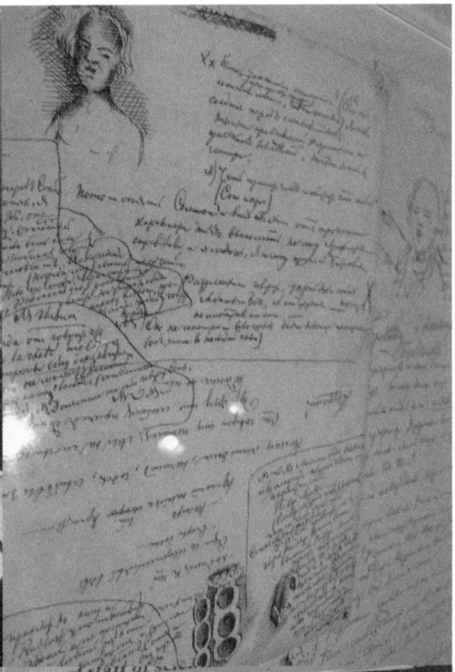
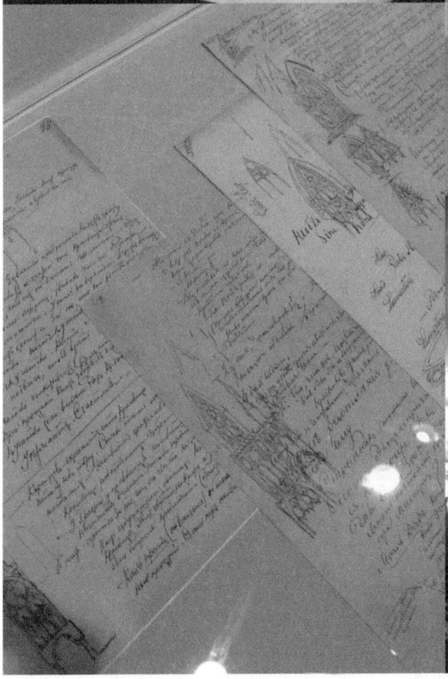

10

最後的十幾年，可說是杜氏最重要的創作時光。我在前篇章「三個安娜」裡已經述及。

「即使在牙痛中也有樂趣，我曾經牙痛整整一個月，因此我瞭解這種東西。當然，在這種例子中，人的惡意並不表現於沈默，而是表現於呻吟。……惡意是它的一切。」

「絕大部分時間我留在家裡，看書。我試圖用外來的力量窒息一切不斷在我心中滋擾的東西。而我所具有的唯一方法就是讀書。……我的不幸的熱情是銳利的，除了讀書之外我沒有任何的消遣。」——《地下室手記》

這是杜氏晚年之作，寫這本書他已歷經人生的末段，也相對穩定。同時也已是舉國聞名的作家，常出現在政治人物或者文壇場合的演講。但其背後仍有陰影籠罩著他，身體欠佳，債務未清。

我在杜斯妥也夫斯基的故居待的時間頗長，一次又一次地重複走了幾回，走到本來窩在角落的管理員老婦都起身盯著我的「意圖」。

沒有意圖，只是想把空間的物件鎖進腦子裡。

我反覆看著他的畫稿，他的插畫也很耐人尋味。

手稿裝置裡，綁著一個鐵鍊，重現《罪與罰》的戰慄氛圍。

最後，我從窗戶的白蕾絲窗簾的空隙，斜望到對街的教堂，街角的乞討者仍杵在那裡不斷地點頭，一旦聽到銅板聲即在胸前畫著十字架。

杜氏在聖彼得堡其實不止住過我拜訪的此處，但歸納起來，杜氏在不斷的遷居中，所擇的居所一定可以見著「教堂」。

他雖然寫的都是人性的醜陋與掙扎，然其本身卻是對宗教有高度的信仰，這從其書房所懸掛的聖母聖子畫像可以窺見。

這不免也讓我想到他在《罪與罰》小說結尾寫的情節：

「你是混蛋！你不信上帝！」他們朝他吼叫。「打死你都應該。」

他從沒跟他們談過上帝和信仰，他們卻認定他不信上帝，想打死他，他不作聲，沒有反駁那些人。

真正勵志的作品不是直接去寫勵志的言語本身，而是藉由人性的墮落與昇華，觸動人心的人生與良知思考。

親自拜訪杜斯妥也夫斯基的故居，讓我更喜歡他的作品。

離開時，我又回望貼在窗戶的海報一眼。

我發現他的眼神深邃如謎，但卻隱藏著很亮的光。

在風雪中走去地鐵站時，我不禁想著，真正的當代文學家就是如此地自剖，不論他藉由各種故事或者各種人物，他都不閃躲。

杜氏是真正的文學信徒。

他在信仰下，不會去寫些遮遮掩掩的東西。

那麼我的東方呢？

我常感到奇怪，好像被說成某某教徒時，就得開始戴上「慈悲」「智慧」的顏容了。

但真正的慈悲與智慧是什麼？

我一路一直思考著。

我希望我有杜斯妥也夫斯基的深邃眼神，可以穿透人性遮掩的厚幕。

托爾斯泰──他的光在黑暗中閃耀

圖拉故居──晴園

托爾斯泰出身貴族，他的故居有莫斯科和圖拉，且房子佔地廣。他在俄羅斯具有精神導師的地位，許多人都想向他請益。

我來拜訪托爾斯泰故居前，想像他的房子與家飾裝潢應該是老成典雅且十分簡單的。及至我拜訪後，所見大約是如此氛圍。

我先去拜訪了距離莫斯科約三個小時車程的圖拉。

抵達莫斯科北方小鎮圖拉時，已是下午兩點多了，若要省錢得轉三班公車，怕故居紀念館關了，所以決定在巴士車站搭計程車。

司機堅持五百盧布才願意載，其他司機也是，很堅持這個價錢。

上車後，司機的態度反而好轉了，好像卸掉原先為了價錢保衛戰的薄膜。還滿願意開口說些話。

車行圖拉小鎮，想當年這些路都是大文豪托爾斯泰驅車時常走的路徑呢。但圖拉看起來卻十分落魄，像是戰後尚未復甦的模樣，加上有的路段雪已經融化，殘雪逐漸成為髒水，配上紅磚屋和灰色組合屋，實在無法和托爾斯泰的莊園連在一起。

司機已經六十歲，共黨時代被發落到烏克蘭。共黨解體他才和妻子在圖拉老家會合，他老了又沒有別的一技之長，就開起計程車來。

他在座位前方擺放著耶穌基督的肖像，後照鏡卻吊掛著穿粉紅色的芭比娃娃吊飾。神性與慾性的對比，讓我不禁舉起相機拍了幾張。他沒阻止我拍，只是覺得奇怪，這女生在拍什麼？

未久即抵達。

遞給他車資五百盧布，他也沒笑。我示意他和車子一起讓我拍個照片，他點頭，他的車子叫做「俄羅斯人」，十五年。

唉，還是共黨時候好。

他說完後，上車離開。看著懷念烏克蘭卻開著一輛叫做「俄羅斯人」的車子離開，感覺那五百盧布忽然一點也不貴了。

我進入莊園準備朝聖。

托爾斯泰在圖拉的故居叫做「Yasnaya Polyana」，意思是「明亮的莊園」，就被叫做「晴園」。

我知道夏日的此地是綠蔭遮天。但我來的時候天氣是冰天雪地，晴園已成雪園。

進入大門，在旁邊小售票亭買票。托爾斯泰過去常坐的長椅仍在，他常坐在此沈思，椅的後方是湖，冬日結冰。

晴園空曠，小路上白樺樹盡見枯葉凋零，一派樸素，沈靜，彷彿大文豪仍仰息其中。

我走的這條路，正是托爾斯泰每天散步的路，他的許多作品都在這條路上思考。

這條路距離他的家還有一小段路，足見莊園之廣。

靈與肉，獸性與神性，飽經爭戰…… 曾經對生活也有過強烈慾望，但對求道也十分心切的托爾斯泰，一生從浪子、賭徒、軍人、獵人、文學家、教育家、人道主義者（為農奴改革），他經歷過很多的人生角色與內心掙扎，精彩狂狷的一生最後以偉大文學小說家劃下句點，以「世界文豪」與「聖者」留名。這說來都是托爾斯泰一生不斷求革新的態度所致，也是他嚴以律己的表現成果。

托爾斯泰曾經說：「文明越進步，越使人類的生活趨於醜惡。」

人為什麼生存？在無可逃亡的死亡之下，人類應該如何生活？愛是什麼？神是什麼？信仰又是什麼？托爾斯泰總是不斷地叩問，總是不斷地反省以及檢視自我。

走在這條路時，我欣賞著遼闊的小城風景時，不免想著，世人有多少能像托爾斯泰？托爾斯泰生前擁有母親遺下的大片莊園，但晚年他卻放棄這片美麗廣大的莊園財產與作品著作權，因而導致和妻子紛爭決裂，一九一〇年他寫給妻子訣別書後登上火車，卻在舟車勞頓裡死於站長的小屋。這是托爾斯泰的高貴情操——「放下」。

這年，他八十二歲了，再也無法承受妻子蘇菲亞歐斯底里的語言，也無法坐擁這樣的舒適莊園，他因為這樣和妻子反目，也因為這樣而導致離家出走，接著又因長途跋涉而引發了死神的提早到來。

文學家晚年不惜和妻子爭吵，為了將他所有的作品著作權與廣大的莊園捐出，而竟導致他後來離家出走後病死車站的站長室。光是這一點就讓我肅然起敬。對於能夠來親睹大師的故居與書房，更是特別興奮。

托爾斯泰信奉梭羅所說的：「假如我們能走出小我，即使只有一剎那，任何人也都會變成沒有惡念的人。而變成如明鏡玻璃能反射光的人……」篤信宗教的托爾斯泰其實還頗有「佛」家禪意。

他的《復活》一書最能表達他對宗教與小說藝術的信念，耗時十年，幾經修改、重寫才完成的長篇鉅著，作家寫來辛苦，讀者讀來也不輕鬆。俄羅斯小說家都喜歡以「刑事案件」來作為小說題材，《復活》是，杜斯妥也夫斯基的《罪與罰》也是，此二書都是犯罪然後經過愛與懺悔的洗禮，著重的是人物心理與社會情境的寫實故事。俄國的作家都很擅長寫「長篇鉅著」，他們很有耐性慢慢磨。而音樂家也擅寫交響曲，俄羅斯天大地大，小品文豈能滿足他們。

我個人頗喜歡托爾斯泰較少人讀的自傳三部曲「幼童時代」、「少年時代」、「青年時代」。走了長長的小徑後，才抵達托爾斯泰生前出入的門與露台。

兩層樓的白色石屋旁有指標寫著托爾斯泰故居。

這棟樓是托爾斯泰的祖父所建，至今依然保存完善。最初是蓋給農奴住的，所以外表和內部都十分儉樸。一八六一年俄國解放農奴後，農奴成了僕人。直到一八八二年，托爾斯泰為了讓孩子有更好的學習環境，才從莫斯科舉家遷居至母親遺留給他的這座巨大莊園。

幾個看守故居的老婦看見忽然有來訪者，紛紛放下手裡的毛線，告知我要寄放衣物和換鞋子。老婦在前方跟著我，像是唯恐我偷拍照片。

打開一樓大門，幾面牆的書櫃林立，藏書極豐。許多的藝術書籍以及百科全書，托爾斯泰十分關注藝術。他曾寫道：「藝術是隱藏內心的東西顯露出來，讓朦朧的變清楚，複雜的變單純，偶然的變必然……」「一個人如果只具備平凡的感情，他的思想一定被事物牽著鼻子走，但是藝術家則讓自己的思想來左右事物。」

藏書的上方吊著一只大鐘。時間停留在早上六點多，停格在托爾斯泰當年的死亡時間。

上樓，先看到牆上幾幅大油畫肖像，大長餐桌是全家吃飯用，上覆蓋白布，上面還擺放著當年的餐具，有一個中國瓷器和俄國煮茶用的經典款茶壺。客廳的椅子和沙發都是用籐編的。

另客廳一角還有一張小圓桌和椅子，這才是會客用的桌子，有兩台鋼琴。托爾斯泰酷愛蕭邦的音樂，他曾推崇蕭邦的音樂其地位就像是「音樂裡的普希金」。

他的床極小，很難想像，原來他一點也不高。

他的臥房體現了作家一生的儉樸，盥洗用具只是一個搪瓷桶，擱在小小的銅製床架旁。

他穿的衣服還吊在臥室旁，看起來像是托爾斯泰才出去散步而已，而我倒成了闖空門的陌生人。他的衣服永遠是寬鬆的黑白兩色上衣，這上衣還是自己紡自己裁製的，他很貫徹自己的理念與生活的實踐。此外，就剩下一頂長帽和鞋子了。

英文簡介讀來最吸引我的趣點是：這房間唯一的奢侈品是衛生紙。當年俄國還沒有太多這種衛生紙，一般農民更是沒聽過沒用過。

托爾斯泰故居其每日凝視外界之窗。悠悠靜靜……但連這樣的靜好，作家也放棄！

我讀著剛剛在紀念館入口買的托爾斯泰相關英文書。老婦後來漸漸不再跟我那麼緊了，以我這樣的緩慢速度，她可能覺得煩。何況我也把照相機收起來了。

「愛是神的本質之表現，愛是不能等待的，它只在『現在』這一個時刻表現。」

圖拉的托爾斯泰書房是他最後的寫作之所。

「人生是短暫的，我們在這匆促的旅行中讓我們的旅伴心情愉快，時間已嫌不夠，沒有什麼事比讓自己成為善良親切的人更迫切的了。」

托爾斯泰書房有一整排燙金百科全書，書桌上還擺著《卡拉馬助夫兄弟們》的書，聽說他當年離家出走的前夕讀的就是這本杜斯妥也夫斯基的晚年鉅著。故居紀念館將這本書攤開在托爾斯泰最後讀的頁數上。

托爾斯泰書房旁邊還有一個大書房，這一間是幫他謄稿的人的書房，晚年托爾斯泰眼睛看不太見，由他口述，打稿者打字。

「喪失自由的地方，生活便淪落到動物的層面。」

「人越是把生命置於自己的動物性層面，他的自由越是受到束縛。」

托爾斯泰認為人皆有神性，這和我旅行今日的俄羅斯有很大的差距，因為許多俄羅斯人基本上卻認為人性本惡，惡的成分很大，杜斯妥也夫斯基的作品最能反映俄羅斯人。加上他們受共黨統治過久之故，每個人都少笑，內斂。有些人且懷抱種族主義，亞裔學生常有被毆打之事發生。旅行時，也常看見警察濫用權力。

我常想是不是大家都要重讀托爾斯泰。

托爾斯泰是俄國人的良知，也是一盞在黑暗中閃耀的光。

我一直很喜歡他寫過的一段話：「叫我們經歷險惡之境的並不是讓我們墮落的壞人，而是像流水般傳達著別人的思想，讓我們遠離我們自己的一群沒有思想的人。」「人心是很容易互相影響的，因此人只有在獨處的時候才可能完全自由。」

強調獨處的重要，但托爾斯泰也同意愛默生說的：「在社會隨輿論，獨處的時候隨自己的想法——這都是容易的。但在群眾之中仍能保持獨處時候的謙恭和獨立性的才是真正的強者。」

假如我們不思考，那就是真正的墮落險境。

而我可能也在險境，因為思考太多。所以要將托爾斯泰和愛默生的話相加起來。在群眾裡，也得維持在獨處時的獨立性，不隨他人如流水的言語影響。

別期待老了就會有智慧！

「人只有過精神生活的時候才是自由的。」告別托爾斯泰故居時，我的身後再度想起他喜愛的盧梭之語……「過精神生活的人不再受死的束縛。」

此是讓人間發亮的哲語。

莫斯科——托爾斯泰紀念館

走出地鐵後，行經幾條街，經過托爾斯泰的巨大雕像，前方即是托爾斯泰街。

沿著托爾斯泰街即可看見帶點紅磚色的兩層樓木造房子。我在門外眺望一陣，心想一個文學家要在莫斯科市中心擁有廣大庭園的兩層樓別墅，的確是得像托爾斯泰這般出身貴族的人才能擁有。

這棟房子自十九世紀以來就是托爾斯泰全家在莫斯科的居所，這棟房子見證了十九世紀文人的生活場景，幾乎完整地保留了托爾斯泰當年生活在此的樣貌，牆上懸掛著托爾斯泰當年和來訪者的黑白照片，看得出托爾斯泰是所有人的中心。

在托爾斯泰還沒遷居至圖拉晴園時，這裡是莫斯科凝聚最多文人的發光地。他住在這裡時，已是聲名遠播，出版了廣受文壇注目的《戰爭與和平》、《安娜卡列妮娜》。買了票，脫掉沾滿雪漬的靴子，換上紀念館的外鞋。走在室內木板上，年代久遠，踩上去發出一陣嘎嘎響。一樓是餐廳，餐廳頗大，長桌上擺著各種餐盤，當年宴客之景可想而知。經過餐廳後，會看見女主人蘇菲亞的主臥房，主臥房也很大，油畫和古董家具在波斯花地毯的襯托下有點異國情調。這一層樓的兒童遊戲間頗多間，托爾斯泰子嗣繁多。

走上二樓，一架鋼琴下的虎皮與角落托爾斯泰的白色石膏像吸引我的目光。這客廳真大啊，對我來說，卻帶有一種奇異的野性情調。

可以從牆上的黑白照片來還原當年情景，豪華的鋼琴旁，曾經圍繞著許多應托爾斯泰之邀前來的音樂家、藝術家和文學家，十九世紀，這間房子點亮了莫斯科的藝術星空。音樂家談音樂，托爾斯泰朗讀作品，這簡直是藝壇的夢幻年代。

托爾斯泰選的家具都很厚重，像是可以百年傳家。他的書房倒是不會很大，可能因為被很厚的木頭古典大書桌佔了泰半，以至於感覺不大。

寫作之餘，托爾斯泰也很熱中於生活事物，故居仍擺設著當年他騎過的腳踏車。我盯著腳踏車良久，想像著穿著儉樸白衣蓄著長白鬍的托爾斯泰騎腳踏車的模樣，一時之間，我恍然有個錯覺，好像托爾斯泰正從十九世紀裡走了出來。

故居，永遠少不得黑白肖像。

托爾斯泰個人的經典肖像是，長而發白的鬍子與一身素衣，柔和而清晰的雙眸。這樣的形象使他幾乎就是「真理」的象徵。

托爾斯泰的那一整個中外世代，都有類似這樣的相片被後人悼念。我有時候不免常想，黑白照相的年代將人的瞬間質感昇華了，誰能想像如果這些哲人和文學家被手機隨機拍攝，是否還能散發出那樣的懾人氣息。（再偉大或者再美麗的任何人都禁不起一個突梯的壞照片被一再地流傳。）因為黑白照相的質地的情蘊飽滿，也常使我們有種錯覺，私心認為過去那個年代比較美好。

但對那個年代的人，當然不做如此想。就比如托爾斯泰，他的心時常受到現實物性與內我靈性的掙扎。也因此到晚年還面臨了顛沛流離客死外地的命運。

文學家的苦，通過昇華，似也都值得了。

如果不是晚年那樣震驚於世人的結局，恐怕托爾斯泰的文學地位也不會如此崇高至近乎「神」了。

托爾斯泰知道，他必然得走到這樣的命運，因為他不可能寫著世人的悲苦與探觸靈魂神性與良知等等議題的文章，卻讓自己舒舒服服地坐擁大片莊園。

他必得拋擲一切物性，且走向歸零的孤獨之路。

如此，他獲得了毫無缺失的文學國土，且自此他的文學與哲思版圖從俄羅斯擴散至廣大的世界，影響力綿延且巨大。

故居，作家的靈魂居所，俄羅斯人在這一點上，做得十分細緻，幾乎原境重現，他們知道，這是俄羅斯最重要的文化資產。

台灣呢？到現在，卻還是不知道此之重要。

沒有歷史遺跡，我們後人該如何尋遺址來憑弔史事？

我無法想像沒有藝術家故居的俄羅斯。

托爾斯泰說：命運之中沒有偶然性，
人是由自己創造命運的。
寫作，於我是將自己從過去釋放出來。
這也是我的創造品，可以重返過去且修改歷史……

4

懷舊與摩登 台北的俄羅斯風

Old and Modern Russia @ Taipei

很久以前我就喜歡俄羅斯。

喜歡台北明星咖啡館，那還是一個我來不及參與的時空。一九四九年，明星咖啡館還是白俄羅斯人的天地，當年五個白俄羅斯人為了逃離共產黨，從西伯利亞逃離到哈爾濱，再到上海；上海淪陷，他們來到了台北，且還合開了明星咖啡館。台北明星咖啡館可以吃到許多俄式甜點、鬆糕，這是我最初在原鄉台北和俄羅斯的小小關係。

很久以前我就喜歡俄羅斯。

那時候我勤讀小說，烙印在我腦海的舊俄小說，東正教鮮明下的原罪與贖罪。喜歡杜斯妥也夫斯基，還喜歡寫《羅麗塔》的納波科夫，喜歡俄國畫家夏卡爾，喜歡音樂家柴可夫斯基，喜歡導演塔可夫斯基……他的電影總是用長鏡頭，緩慢地停格，空靈如迷霧，又或者沈重如黑墨。那些撼我心弦的「恐怖伊凡」、「犧牲」、「鄉愁」……都是大學時看金馬獎國際影展的收穫。

很久以前我就喜歡俄羅斯。

那時候我住在上海近半年時光。我喜歡走路，走在白俄區的美麗房子附近流連，喜歡聽一些異國情調的聲音，喜歡聽戀人回憶起海派母親的精明作風，喜歡他說起白俄人的神秘感……

很久以前我就聽聞俄羅斯。

玩俄羅斯方塊，聽美國和俄羅斯冷戰的故事……

而大人和老師們總告訴著我們，我們的總統有個俄羅斯來的媳婦，未來總統夫人是俄羅斯人。

很久以前，當我們還是幼童時曾被教導著要反共抗俄，於是俄國，成了一個奇怪的美麗「敵人」。俄羅斯符號，隨著「共黨」而成了當年的原罪象徵。

我喜歡俄羅斯，喜歡她那近乎偉大的藝術，喜歡她那傳說中的美景。

我喜歡俄羅斯，她是那種即使是落魄，也要把自己裝扮美麗的國度。

見證台北文學人時光　有白俄血統的明星咖啡館

從古式公寓樓梯步上明星，即看見玻璃櫃內放著我熟悉的俄羅斯娃娃與俄式彩繪木餐具。明星二樓氣氛典雅，米白窗簾半捲，暈黃燈光像是一盞沈思的表情。屋外卻是喧嚷的城隍廟古街。和屋內古樸又帶點異國情調的光影產生強烈對比。牆上有白俄人油畫，空間有咖啡香，帶有一種舊式的歐式氣氛，凝結著往昔台北文學風華年代的光影。

咖啡館牆上掛著白俄羅斯人的照片。（蘇聯解體後，白俄羅斯和俄羅斯才成了同種的兩個國家。）

我來明星咖啡館通常必點的是：明星咖啡和俄羅斯軟糖。

作家白先勇當年來到明星時才大三，白先勇與台大外文系同學王文興、歐陽子、陳若曦等人創辦《現代文學》，他們在明星聚會的時間是一九六〇到六一，畢業後陳若曦出國，白先勇等人當兵兩年後，也在一九六三年相繼出國了。之後，作家季季與當年才在念政大的林懷民在明星寫稿的時間大約是一九六四年夏天至六五年五月。

久遠的年代，我都還沒出生呢。

但卻有緣可以和前輩作家接續這間咖啡館的文學光譜。

我雖然出沒明星咖啡館多次，但真正瞭解它的歷史卻是因為前輩文學家季季的關係。因為季季的關係，才和明星老闆之一簡錦錐有了短暫的說話時光。

當年開店創始人是五個白俄人外加一個台灣人，台灣人就是簡錦錐。五個白俄人最初是因為恐共情結而從白俄逃到上海，再從上海來到台灣的白俄羅斯人，後來因為一九五二年韓戰爆發，他們之中才又有人離開台灣移民到巴西、澳洲了。

當年，明星西點麵包廠是俄羅斯人思鄉聚會之所，當明星麵包出爐，總是有許多官員開著黑頭車來買麵包。

後來明星也成了文人雅聚的場所，白先勇、王文興、歐陽子、陳若曦、林懷民、季季……皆是明星的文學身影。

我所參與的明星咖啡館歷史已經是二〇〇四年五月十八日明星重新開幕之後的事了。過往的歷史要靠文學前輩。

這天我和文學前輩季季到明星咖啡館聊天，簡老闆和女兒簡靜惠也都上來招呼了一下。季季為我導覽，她說牆上掛的還是當年白俄畫家帕索維基（Nadejdat Passoviky）的油畫，重新開幕時，她告訴老闆千萬要保留舊貌，因此五十多年前在淡水訂做的紅木桌椅，也沒有刻意重新上漆，讓時光停留在過去。

聽簡老闆說台北明星與白俄羅斯人的因緣：

這五個當年在台的白俄人，是一路跟著後來出任明星咖啡館經理十二年且在台去世的艾斯尼來到台灣的。

艾斯尼出身沙皇侍衛隊，二十二歲即在西伯利亞當軍事指揮官；一九一七年俄國革命後，他帶幾個人逃到哈爾濱，三年後輾轉逃到上海，起先在法租界工作；為了躲共黨，一九四九年初夏流亡到台灣。

明星咖啡館有張艾斯尼穿軍服的年輕照片，非常的挺拔，十分帥勁。

簡錦錐那年十八歲，剛從建中畢業。簡老闆的家當年在台北郵政總局附近中正西路九十六號（也就是今天的忠孝西路一百號）開台灣特產行，因為鄰近火車站，常有外國人拿美金來私下換台幣。

家中只有他會說英文，就這樣他與當年五十七歲的艾斯尼及其同鄉認識了。

「他們都長得金髮白膚，又說英文，因此也不知道是白俄人。直到有一天艾斯尼對我說，他們幾個朋友想開麵包店和咖啡館，想請我幫忙找店面，我且被他帶去他們落腳的金華街十八號租屋處。我聽他們說話口音怪怪的，一問才知道他們其實是白俄人，當年流亡到台北的白俄人大約有一百二十多人。那時候租一棟台北洋房一個月租金是一百八十元台幣。」

後來他們總共籌資約七千五百美金（約三萬台幣），先開了麵包店再開咖啡館。簡錦錐因此也獲邀投資了五百美金，成了創始人之一。

來到明星咖啡館最顯眼的是會看到窗外的城隍廟。

這城隍廟也間接促成了開店因緣。

當年簡錦錐去找店面時，找來找去，才發現武昌街一段城隍廟對面有個店面大門緊閉；怪的是，前後都有開店，唯獨這一間空著，一直沒租出去。一問之下，才知道因生意人怕正對城隍廟犯沖，故無人租。

簡錦錐就帶著這幾個白俄投資人去看看，他們是異鄉人又是東正教徒，不在意正對著城隍廟，且還興起一起到廟內燒香拜拜抽籤。

就這樣，一九四九年十月明星麵包店開幕了，也是當年西門町唯一的西點麵包店。

在季季寫《寫給你的故事》裡，有一篇〈革命咖啡，文學蛋炒飯——回首明星歲月〉，曾這

樣描述明星出爐的麵包景象：

「那時還沒有電爐，用土爐烘烤，一次要燒五十斤木炭，燒到四百度取出木炭烤麵包，三百度時烤蛋糕，二百度時烤餅乾。到了下午四點多，武昌街一段兩側就陸續排列著外國使館或貿易行的黑頭車，都在等明星麵包出爐，蔣方良也常派人來買。次年年初，咖啡館開幕，艾斯尼擔任經理，二樓好像成了俄國同鄉會，白俄老鄉沒事就聚在那裡聊天。他們有的是畫家，有的在中山北路大友戲院表演舞蹈變魔術，有的在大直外語學校教俄語，或在家做火腿、俄羅斯軟糖、核桃糕等各式糕點及玩具出售。每年一月十三日俄國新年，白俄老老少少全聚在明星，唱歌喝酒跳舞解鄉愁，蔣經國也陪蔣方良同來。」

俄羅斯和台北說來是淵源頗深。

孤獨詩人周夢蝶也曾在明星締造文學傳奇，一九五九年他來到了明星咖啡館賣書，周夢蝶一直擺到一九八〇年代才結束他的街頭賣書生涯，這一擺竟二十年流逝，遂成了台北史的一頁不朽街頭映畫。

簡錦錐對周夢蝶到明星的第一天印象十分深刻，那時周夢蝶是把書攤在布上賣，簡錦錐太太還拿了塊蛋糕請周夢蝶吃，對他十分友善！後來周夢蝶徵得明星同意，在騎樓下靠牆釘了一個書架，還取得了街頭攤販的合法執照。

說來，簡錦錐也是台灣文學的隱形推手呢。

聽季季說作家和前明星時期的點滴：

季季是台灣的文學史縮影，聽她說話，像是往事歷歷在目。

一九六四年五月十二日，季季剛從雲林到台北才兩個多月，因常去重慶南路書店看免費的書，有天無意間就走到了這一帶。

六月初季季獲得皇冠的基本作家約，季季就挑了個星期天，請文學家隱地、其讀者阿碧，以及當時的男友小寶到明星喝咖啡。

「當年一杯六塊錢，我那時的稿費一千字五十元，四杯咖啡差不多喝掉五百字；但就算喝掉一千字，我也很高興啊。」

明星的三樓靠牆那個面窗的位子是我喜歡的位置，一問竟也是季季當年昔日寫字的位置。

「當年三樓沒冷氣，但比二樓寬敞，左右兩排隔著紅木屏風的火車座，中間還有三個圓桌，但客人不多；常常一個下午只有我一個人，寫累了就趴在冰涼的大理石桌面小睡。明星咖啡雖然香醇，但我後來發現檸檬水更對我的胃口，一大玻璃杯也是六塊錢。午後走進明星叫一杯檸檬水。傍晚又叫一杯檸檬水加一盤十二塊的火腿蛋炒飯，總是寫到快打烊才下樓。明星放的音樂多是柴可夫斯基的降B小調小提琴協奏曲，天鵝湖，胡桃鉗，或德弗札克的新世界……」季季說。

那年九月，季季在雲林就結識的文友林懷民考上政大，住到了木柵，星期六下午或星期天也會到明星來。

林懷民寫到一個段落，還會走過來對季季說：「我唸一段剛才寫的，妳聽聽看！」

這樣的明星咖啡館，寫起來像是一個台灣文學小故事呢。

明星咖啡館不僅引領了台北舊派俄羅斯風潮，且還無意間點燃了台北文學火苗。

另外，我還發現現在的明星咖啡館除了俄羅斯餐與甜點外，還多了俄羅斯卡比索冰淇淋，這讓明星咖啡館顯得又古典又當代。

也讓我這個嗜吃冰淇淋的寫作人，更是愛上了明星。

開啟台北俄羅斯飲食風潮　卡比索俄羅斯餐廳

我第一次來卡比索俄羅斯餐廳時，對它的裝潢以及用餐時有俄羅斯民俗音樂表演而印象深刻。然最難忘的莫過於穿皮草進冰屋喝伏特加的冰火交融體驗。

和明星咖啡館一樣，櫃台周邊有著濃濃的俄羅斯氣息：俄羅斯娃娃、鏤刻精緻的洋蔥圓頂圖案，精美木雕、彩繪玻璃窗。明黃色砌牆、青挹麥穗把、壁飾圖畫及多盞俄式燈飾懸吊其中。最醒眼的是俄羅斯獨有的銀茶壺。

整個空間是以俄羅斯紅和沙皇綠來搭配，這兩色也是卡比索餐廳用色一致的基本色系，從裝潢到餐巾紙，都可隨處見到這兩個色系的光影，我到了俄羅斯旅行時，也曾觀察到這兩個色系是俄羅斯教堂彩繪最普遍的代表色，是俄羅斯風格的縮影。

除了配色，還有一個醒目的洋蔥頭圖騰。這個圖騰是採用俄式建築中最常見的造型，有別於歐式的三角錐建築，也有別於東方有如鳶尾式鳳角建築風格。

在卡比索餐廳，就像去到了俄羅斯的當地餐廳（但俄羅斯當地的俄式餐廳可是十分昂貴）。後來我在某次文學聚會的因緣下認識了皇家可口周明芬總經理，在其引薦下又認識了南僑會長陳飛龍先生，往後也才慢慢有了更具體的卡比索俄羅斯餐廳輪廓與對餐點的認識。

卡比索俄羅斯餐廳的食物血統雖來自俄羅斯的創意延伸，但其背後的資金老闆卻是我們熟知的南僑企業。曾經我們的童年和成長期都和南僑的老朋友有關——媽媽手上的南僑水晶肥皂、我手裡永遠微笑的歐斯麥餅乾、令大人和孩童驚呼的杜老爺冰淇淋……，這都是南僑企業的傑作。

卡比索是俄文（ХЛЕъ-СОЛъ）的音譯，意思是「鹽與麵包」（Salt & Bread）。

卡比索俄羅斯雪糕和冰淇淋也是從這個概念延伸的當紅產品。

決定俄羅斯風格後，又為什麼會選「鹽與麵包」？

及至我拜訪了俄羅斯人，才揭開這個謎底。原來這個字詞，在俄羅斯代表著最高的歡迎與祝福。

在莫斯科機場若有重要外賓來訪時，有時會安排身穿傳統服裝的女士捧著代表圓滿的大圓麵包，上面放上鹽巴，然後對賓客說「歡迎」，並獻上幸福美滿的祝福；而賓客回禮致謝的方式，即是從大圓麵包上扒一口下來沾鹽吃，這意謂自己接納了對方的祝福，從此將衣食無慮、美滿無缺。

在傳統的年代裡，俄羅斯主人若要對賓客表現出無上的敬意象徵，就會給予一種形狀像蛋糕且精心裝飾的麵包（我在俄羅斯旅途買了好幾次這種麵包，口感很特別，已經研發成各種形狀，且外表都有用食材烙印一些祝福的話語）。他們還會在麵包旁邊擺上一小碗鹽，客人撕下一小角麵包後，沾上鹽巴而食，這象徵了平安富足。

早在西元九世紀時，就出現了用發酵麵粉烘焙而成的黑麵包，黑麵包是俄羅斯人的一切鄉愁總集，連文豪杜斯妥也夫斯基離鄉時也曾寫道：懷念黑麵包，懷念大雪。

黑麵包是俄羅斯最傳統的麵包，以黑麥製成，嚼感勁韌緊實，聞起來有一種自然發酵的清香酸味，嚐起來帶有一股獨特的香料味。我在俄羅斯幾乎每餐都會吃到黑麵包，且吃完後，如果還想再吃可以再叫侍者送來，通常都不另加價。

許多人只要一嚐過真正俄羅斯當地的黑麵包後，就會難忘其獨特滋味。也因此俄羅斯人告訴我，無論物價如何波動，這黑麵包是不能漲價的，黑麵包漲價，是會造成人心大亂的。

而早在十六世紀的東正教辯論會上，主教們還曾經為了用黑麵包還是白麵餅當聖餅而進行辯論，最後是黑麵包戰勝白麵餅，這成了俄羅斯獨有的「黑」聖餐。

麵包是俄羅斯人在困苦時期賴以維生的食物，當地人因而非常珍視，被視為是生命之寶。

至於「鹽」在寒地也是重要的必需品，據悉在高加索有一個長壽村，這個村莊裡的人平均年齡在九十歲以上，當地村民除了因身體常勞動常食新鮮蔬菜水果，且聽說長壽的秘訣是食鹽，其所食用的鹽是一種產自俄羅斯的獨特岩鹽。這種鹽在俄羅斯是珍貴食物。

麵包與鹽，是俄羅斯日常的必需優質品，因此當初南僑企業在開創俄羅斯品牌時，便以此為名。卡比索，這個名字就誕生了，它來自它的優良血統尊貴身世。

卡比索俄羅斯餐廳是南僑在台灣打造的餐飲旗艦店，許多人納悶著：為什麼不是南僑在上海投資的寶萊納台灣分店，南僑為什麼要選擇一家有著「俄羅斯」食物和文化血統的餐廳呢？

如果你知道南僑曾經代理美國冰淇淋大品牌Haagen-Dazs長達十年，就不難瞭解當南僑企圖走出代理品牌而想要打造自我品牌時，會選擇一個具有「俄羅斯」意象的冰淇淋與餐廳了。另外，據我瞭解，全世界最愛吃冰淇淋的民族，俄國人是名列前三名。我在俄羅斯期間見證了這一點，因為即使是冬季大雪繽紛的街頭或者室內，仍常可見到俄羅斯人三五成群嚷著「吃冰淇淋吧！」

俄羅斯人喜歡吃冰淇淋固然和他們對甜點和牛奶口味的熱愛有關，也和天氣的室內乾燥以及他們抽菸者眾息息相關。乾燥讓人想吃冰品，抽菸讓人想吃點甜食。

除此，也只有俄羅斯這樣的文化深邃迷人大國，才能和南僑所打造的冰淇淋貴族身世匹配。南僑學習俄羅斯人堅持冰淇淋的用料及味道的純正，秉持對美食的愛好與堅持，派遣台北卡比索研發團隊遠征北國，聘請俄羅斯冰淇淋顧問，就這樣台北有了俄羅斯身世的卡比索冰品。

同時，也延伸成一個俄羅斯王國。

卡比索除了是冰淇淋，也是台北道地俄羅斯餐廳的代名詞。

基本上，俄羅斯菜的起源最早可追溯到十五世紀，俄羅斯先後受到法國及義大利的影響，飲食十分歐化。不過還是有其地域性，因為俄羅斯位處寒帶，食材取得不易，加上人民傳統口味偏

好酸、甜、鹹、辣，當地食物加上融入法、義風格，即形成了今天獨特的俄式料理。

俄羅斯約在千年前東斯拉夫人，慶祝從下田工作到婚禮節慶各種場合的民俗音樂，對於音樂、舞蹈的素養是渾然天成的，習於以音樂來表達情緒情感，在傳統的音樂中營造出各種氣氛。到卡比索俄羅斯餐廳的美麗用餐方程式是：邊用餐時，旁邊有俄羅斯樂隊現場演奏手風琴與沙鈴、載歌載舞美妙音樂瀰漫著歡樂氣息。吃的食物當然是要點道地俄羅斯餐，飯後點一壺俄羅斯特色炊茶及卡比索雪糕或冰淇淋，冷熱一起吃，口感味覺都是超級饗宴。

俄羅斯人喝茶的氣氛也不亞於英國人，俄羅斯炊茶會在茶中加入薄荷、櫻桃或者草莓等，口味香甜。

喝熱茶或者咖啡。接著，喜歡嚐鮮者，到冰屋喝伏特加。冰屋擺放各式伏特加酒，穿著特製禦寒衣、戴上溫暖的絨毛帽，在冰屋內飲上一口伏特加，如冰遇上火。這在夏日夜晚，更有一種超現實之感。

伏特加是俄羅斯的國酒，也被俄羅斯當地人稱為「生命之水」，就像我們的啤酒米酒與墨西哥龍舌蘭酒之地位。吧檯陳列各式的伏特加酒，以及黑麥釀製的俄式啤酒，俄羅斯人喝伏特加酒，酒精濃度約在百分之四十以上，尤其在窗外寒風刺骨中，來上一杯伏特加酒，體內有如一把火般的溫暖。

在卡比索餐廳除了冰屋外，還有一個吧檯，吧檯推出以伏特加酒作各種雞尾酒，不想還要穿厚外套到冰屋品酒者，就可輕鬆坐在吧檯。

卡比索餐廳令我印象深刻的是，有三處透明開放式的廚房，用餐者可以完全透明被看見。

吃黑麵包、嚐俄羅斯菜，品俄羅斯冰淇淋、喝俄羅斯炊茶或飲伏特加……在台北，就這樣，我也可以很俄羅斯，且還不禁懷念起這個美豔冷酷的俄羅斯情人。

童年　冰淇淋與俄羅斯——訪南僑企業會長陳飛龍先生

冰淇淋帶給我潛在叛逆的最大震盪性。——陳飛龍

若說人皆有因緣，「冰淇淋」與「俄羅斯」冥冥之中離不開陳飛龍，此二者在陳飛龍的生命裡有一種象徵，這個象徵也切中了他這個人的生命核心：叛逆、自由、美食、文學……皆是他生命裡的隱形印記。

陳飛龍懂美食，似乎是打從娘胎就結了這個宿緣。抗戰那年出生的陳飛龍，是出生上海的福州人，陳家是上海的大戶人家，童年陳飛龍就在大宅院裡看著大戶裡的人來人往，小小孩兒溜轉著眼睛讀著人間滄桑事。

「我喜歡吃似乎是天生的基因，那時候我的住家環境就是地處南來北往的交會處，各方食物在此匯流。我的家籍本身是福建菜，住的周遭是上海幫菜，家裡的奶媽是屬江北人的麵條饅頭等北方菜，再加上我的祖母是從印尼泗水嫁到陳家的華僑，她的家裡常寄來海參、燕窩、蝦餅、魚翅。而我的祖父那邊是菲律賓的華僑，二伯父是當地的僑領。常常家裡有椰子、椰肉等乾貨、巧克力……」

我開玩笑說，原來您十歲前就已經體會到什麼是「四海一家」全球化了。

陳飛龍聽了溫和地笑著稱是。

他說：「那裡頭有複雜的人事。」我想也是，定然是如此，才能讓日後的他明白商場人性種種。陳飛龍的父親排行老五，是陳家的么兒，陳飛龍的大堂哥甚至比自己的父親大，因而一路排下來，他在這個大宅院裡是排行第三十七位。同一個祖父的堂兄堂弟繁多，加上他常常跟著這些伯叔和堂哥哥們一起玩、一起讀小說、一起打籃球，使得他有了「超齡」的個性，這個養成對於他日後管理企業發揮了極大的能力。

「小時候我自己就喜歡跟著大人烹飪，出門採購。偶爾也會自己動手做，放學回家總是會自己看看有沒有什麼可以做來吃的，像是我很小就自己會打麵粉做鬆餅，將炸豬油的油粕加上蔥花醬油來拌飯。」

五湖四海的童年經驗，也養成了陳飛龍的自由派作風。「我常說我們沒有自己習慣，沒有既定的風俗習慣。」所有的東西都值得去嘗試和體驗看看。

家裡的華僑移動精神也影響了陳飛龍的強烈現實感，「移動裡的不安，讓人對現實有著強烈的敏銳感受，因而可以做很好的判斷。」我想這在商場上毋寧是其重要強項。

至於俄羅斯的經驗是在上海期間，陳家的鄰居有白俄人，他常暗自地看著這些和他長得不一樣的人，他發現他們總是乾乾淨淨的，和中國傳統市集裡的人家有著極大的不同。「那時候電話不普及，有個白俄太太常來我家打電話，她自己還做了一張卡片，在上頭寫個正字，每打一次電話就畫一筆，然後時間到了就會自動來月結。那時候就覺得俄國人很有貴族氣，很紳士，很可以信賴。」

上海的白俄人給予陳飛龍初步的良好印象，但他們的緣分還未了。

十歲，陳飛龍來到台灣，大宅院落腳在重慶南路（今天的中國信託位置），他又遇見了白俄人，家裡離明星咖啡館很近，而明星正巧就是五個白俄人籌組合開的。

然後他年紀漸大了些，在高中和大學，他也接觸了很多俄國文學，對他而言俄國擁有著自己獨特的氣質與魅力，深深在他心裡烙下大器印象。

↑與陳飛龍先生合影於小王子餐廳。

只是，他沒想到，這個緣會一直持續到他後來自創了「俄羅斯卡比索冰淇淋」品牌，當然這是後話了。

陳飛龍見證過台北轉變與起飛，對童年的他而言，台北是他的新世界，新天地。

陳家大宅院當年在面向重慶南路地段開了紡織門市，所以當年陳家在重慶南路的宅院是屬於住家與公司宿舍的混合居所。因為人口繁多，遂請了一位來自潮州的大師傅，這大師傅很會燒菜。

源於自小家裡就有廚師的經驗，這經驗隱隱在他的心口生了根，再也無法切斷。因而陳飛龍日後會轉型打造他的食尚帝國，說來是很自然的事。「那時候我們家做菜就得和廚師溝通，就像現在我們也常得和主廚溝通一樣。」

可別以為陳飛龍只吃主廚的食物，別忘了他來自上海，他還是台灣百匯雜陳的路邊攤小吃專家。「那時候我們賣肥皂，業務常跟著我跑，和我一起吃路邊攤，哪裡有好吃的路邊攤我都知道。我一天到晚在外面轉，對於人吃東西的習慣有很多的觀察，知道該做什麼東西給什麼樣的人吃。」

長年生活在大宅院與深入庶民生活，使得陳飛龍外表既有貴族的書香氣，又帶著庶民般的親和力。

陳飛龍往昔在台北的生活仍秉持著「五湖四海」。

那些來自各地的親眷常會寄來各種外國牌子的東西，像是棕欖香皂牙膏等等。「我從小用的東西就是外國的牌子，可能因為這樣，使得我對於事情的思考是長遠的，是放在世界品牌的位置上來思考與定位的。」那時候美國在印尼泰國菲律賓設許多廠，「有一天一定會進到台灣來。當外國品牌來時，我的品牌若未建立好一定不是他們的對手，我們得走得更早更好，不能被別人取代才行。」陳飛龍當時就已經洞燭先機，他敏感地感受到這一點。他先是從肥皂跨入油脂事業，由於很多親戚在東南亞有研究室，研發一種專門為夾心餅乾做的「奶油」。

就這樣南僑一路從大眾物資做到區隔市場，他說「油脂」是屬於利基市場，必須藉著差異化來獲得利潤，什麼是利基？陳飛龍對我這個日日只沈浸在文學的人解釋說：「好比在餅乾的市場，我只做夾心餅乾，只專攻這個小區塊。」他設廠做夾心餅乾，當他說出「歐斯麥」品牌時，我心裡忽然一驚，跳上來的聲音是「歐斯麥餅乾可是我少女時最愛吃的餅乾呢」。

談話一路從上海到台北，從台北再到俄羅斯。

「那時候台灣的文化大都是沿自日本美國，對俄國我們卻很陌生。我大學是學西洋文學，對於文學電影都迷醉過，像是齊瓦哥醫生的電影，還有對於俄國那些充滿社會主義小說的喜愛等等，潛在裡我喜歡俄國文學似乎也是一種叛逆，覺得那是一個文化重要區塊。」

說到叛逆，除了俄羅斯的象徵外，就屬冰淇淋最能代表陳飛龍的心了。

「冰淇淋是一種隱形的叛逆象徵，一來因為冰淇淋貴，二來因為它有糖，大人總不肯給小孩多吃。而我就老想要多吃一個，所以這是我吃冰淇淋的角度，帶有一種『我就是想多吃一個』這種非吃不可的叛逆心情。」陳飛龍的母親是醫生，因為醫院工作忙碌，所以他常由乾媽帶著，「乾媽帶我出去時，我母親都交代冰淇淋只能吃一個，於是我就想既然冰淇淋只能吃一個，那我下一個吃雪糕不就得了。」聽了我都不禁笑起來。

「回去不可以講喔！」這也是他和乾媽的兒時甜蜜秘辛。

從冰淇淋裡，陳飛龍早早領略了人生的滋味。

來到台灣後，他住的重慶南路一帶有家冰店，賣著芋頭冰與紅豆冰，「當年沒有冷氣，冰淇淋店就是天然的冷氣，每回經過冰店，都很喜歡駐足感受一下冰店涼涼的空氣，以及空氣中瀰漫香草的氣味……」此是他的童年美麗映畫一景。年紀漸大，他更經歷了台北的冰淇淋歷史：ㄅˇㄚ

ㄅㄨ、三葉冰淇淋、小美冰淇淋……未料的是最後他竟自己跳下來做冰淇淋。

「這純屬意外。」陳飛龍笑說。當年他因緣際會收購「可口奶滋」而順便接收了冰淇淋廠房，就這樣一腳踏入了陌生的事業。

「在台灣做冰淇淋只能做第一。」

後來他還代理了將台灣冰淇淋走向精緻化的Haagen-Dazs，長達十年的代理關係，終因理念不合而讓陳飛龍終止了代理權。但經驗永遠沒有白白浪費的，他想自創一個不同於美國的品牌，這就是卡比索（ХЛЕЪ-СОЛЪ）俄羅斯冰淇淋誕生的初衷了。

「我們在做一個提案時，面對的是全世界的競爭者。」陳飛龍說。

又是一種五湖四海的天下觀，世界在陳飛龍眼中是平的。喜歡旅行的他，從旅行學到很多人事，也帶給陳飛龍對於世界食物的深刻瞭解，他開玩笑說：「像去英國旅行會餓死。」

我也頗有同感，食物畢竟是鄉愁的胃，延伸了人對於文化的底蘊。

關於這一點，陳飛龍似乎是最佳代言，他整個人就是一個文化的總體驗，他的胃囊括了五湖四海，且在這五湖四海裡，能夠一一解析它們的成分與滋味。

「多吃一個！」冰淇淋讓他的童年永遠想要多吃一個的隱形叛逆深深地影響了他，也讓他勇於接受新事物的體驗與挑戰。在每一場的體驗與挑戰裡，他都不忘赤子之心。

我面對著陳飛龍先生，仔細地看著他的肌膚粉紅如嬰兒，我想這或許就是赤子的顏色呢！

「冰淇淋帶給我潛在叛逆的最大震盪性。」又甜蜜又具啟發性。

訪談結束，我就直接在會談的「SOGO小王子餐廳」裡點了一客冰淇淋，「草莓和巧克力各一球！」我對侍者說。

「好想多吃一個！」我終於也對冰淇淋繳了械，「多吃一球！」也是一種小小的叛逆，一點也沒錯啊。

卡比索俄羅斯冰淇淋特色

經典的甜點當然少不了「俄羅斯冰淇淋」，以冰品做一個完美的ending有很大的幸福感。卡比索俄羅斯冰淇淋，全選用天然原料製成，濃郁不甜膩，選用最優質的乳品原料——「勞斯萊斯級的紐西蘭乳品」。有別於一般美式冰淇淋甜膩口感，保有濃厚的俄羅斯甜點特色——風味濃郁卻不甜膩。

卡比索冰淇淋入口前，雋雅的香味引人垂涎；入口的那一剎那，精準的食材風味更令人驚豔。冰淇淋在口中化開，又帶出豐富而細膩的口感滋味，餘味綿延。口味濃郁來自豐富的餡料，每一口的品嚐都會有口味層次上的變化，綿密細緻的口感，有助於餘味縈繞在口中。

卡比索冰淇淋基礎口味有香草、巧克力、夏威夷果仁，我最喜歡的是酒類口味的酒釀黑櫻桃和蘭姆葡萄。另有獨家口味：花生巧克力、巧克力布朗尼、薑汁。（薑汁口味我也很喜歡，入口十分獨特，帶點甜美辛辣的難忘。）水果口味有芒果、草莓。還有含咖啡和抹茶的冰淇淋口味，每一次都可以吃不同的口味，不過我吃來吃去還是很保守——巧克力、藍姆葡萄是最常吃的。至於雪糕我最喜歡吃的也是經典款——比利時黑巧克力（隱含夏威夷果仁的香脆口感）。

既然無法常常去卡比索餐廳，想吃雪糕冰淇淋，當然就是去超商買囉。我想起小時候，只要是去買冰，就會很高興，臉掛在冰櫃上，恨不得雙手全抓滿了冰棒或雪糕。

於是，打開冰櫃就像是打開神秘禮物或是揭開美人面紗。

卡比索俄羅斯雪糕在眾冰品中就像是美人，瞬間即跳進我的視野。深邃深藍與橘光色的包裝，雪糕竟帶著一種神秘感與時尚感。

又神秘又時尚，又冰霜又火熱……即是俄羅斯給我的旅行風情，我在俄羅斯旅行時，日日都在這美麗的兩極裡度過我的奇異時光。

是奇異啊！我的俄羅斯美人。

我的旅行版圖裡，俄羅斯是印象最深刻的座標之一，也是自助旅行者難度最高之一。也是我最常在心裡不禁咒罵卻又不禁讚嘆的壯美大國。

於是，我回到台北了，卻還常想起它，這個給我辛苦也給我甜美的難忘情人。

推薦台北吃得到的俄羅斯美食

這是我第一次在書裡寫美食，若不是因為我旅行了俄羅斯，恐怕也不會有這麼多的喜愛與瞭解了。旅行讓美食成了延伸文化的儀式之一。

俄羅斯傳統最大的飲食特色，即以前菜、冷菜及小吃居多，相對的熱食較少，卡比索俄羅斯餐廳在菜色上勇於嘗試，光是冷菜就有許多種，像是俄式沙拉、煙燻鮭魚捲、綜合冷肉腸、綜合蔬菜沙拉、雞肉果仁沙拉、啤酒醉豬腳、俄式雞腿捲、紅魚子醬沙拉、俄式麵包、綜合裸麥麵包、醃漬酸黃瓜。熱食有俄式蔬菜湯、火焰串燒雞肉串、火焰串燒羊肉串、火焰串燒牛肉串、俄式肉腸、彼得肉餅、焗烤酸奶蘑菇、烤俄式馬鈴薯蘑菇等。

【明星咖啡館的俄羅斯軟糖】

以蛋白、洋菜粉做的俄羅斯軟糖，類似今天的棉花糖，中間夾著細碎核桃，曾經是蔣方良最愛吃的甜點之一，也是我到明星咖啡館必點的甜食。明星咖啡館老闆簡錦錐說：「我們賣的俄羅斯軟糖，當年因為反共抗俄關係，也不敢直稱其名，只能簡稱為軟糖，待解嚴後，才恢復為俄羅斯軟糖；當年店裡賣的俄羅斯咖啡，卻亂取名為馬尼拉咖啡，就為了要魚目混珠，不過熟客都心知肚明。」

【俄式麵包】

有別於消費者較熟悉的俄式裸麥麵包，以具代表的高麗菜口味及馬鈴薯口味入餡，高麗菜口味，是以新鮮番茄醬調味還帶點微微的辣，非常開胃；馬鈴薯口味則是在俄羅斯當地十分庶民的大眾口味。

【沙皇鱘龍魚】

由菜名就知道這可是沙皇國宴欽點佳餚，把鱘魚作為一種珍貴的美味菜餚，早在一世紀以前就流行於歐洲王公貴族及上流社會的筵席之間，送達餐廳時仍是活跳跳的新鮮鱘龍魚，僅需簡單的調味，再以烤箱烘烤將魚鮮、甜味封住，享受鮮甜的原汁原味。一尾鱘魚上萬元。

【火焰串燒雞肉串】

採用雞腿肉，再以美乃滋醃漬，上桌前另以伏特加火焰直接燒烤，風味獨特，口感更是較一般串燒滑嫩，俄羅斯在國宴上，常用這道菜來呈現給外賓視覺及味覺的雙重藝術秀。

【俄式豬腳】

醃至入味後以烤箱烘烤至外皮酥脆、肉質軟，非常夠味。

【布林尼餅】

薄麵皮餅，有點像是我們在豆漿店吃的蛋餅，只是不加蔥，以原味為主，所以裡面可以搭配各種口味的食材，魚子醬、鮭魚、肉類、菜、蜂蜜或者果醬等。

後記

旅行，這個情人又甜蜜又苦痛。

許多讀者問我，難道妳真的不再寫和旅行有關的書了？請妳再寫！請妳再寫吧！

他們總是這樣問，又這樣希望。

你看，我說不再寫旅行書了，還不是又寫了。何況我有一整面牆的旅行圖片等著我消化它啊。

沒錯，我常說這是最後一次書寫「旅行書」，但卻常背叛自己。

我就像一個發誓不再買衣服的女生，看到美麗的衣服在能力範圍下還是會忍不住買之。

旅行就像掛在櫥窗裡的一件霓裳，難以拒絕的美麗。雖然獲得它，我得付出代價。

或許，我一生都難以拒絕像「旅行」這般的美好與艱難。雖然我一直想拒絕這樣的美好與艱難。

但為什麼要拒絕，我想我的心態應該也有些問題吧。恐怕我還是因為「主流評論與學院」的想法而產生自我的掙扎，怕因為寫旅行書而被歸類，怕被簡化。

然而其實我寫出來的東西，不論繁複或簡單，都難以掩藏自我。再簡單的東西也都還是自己的一部分。

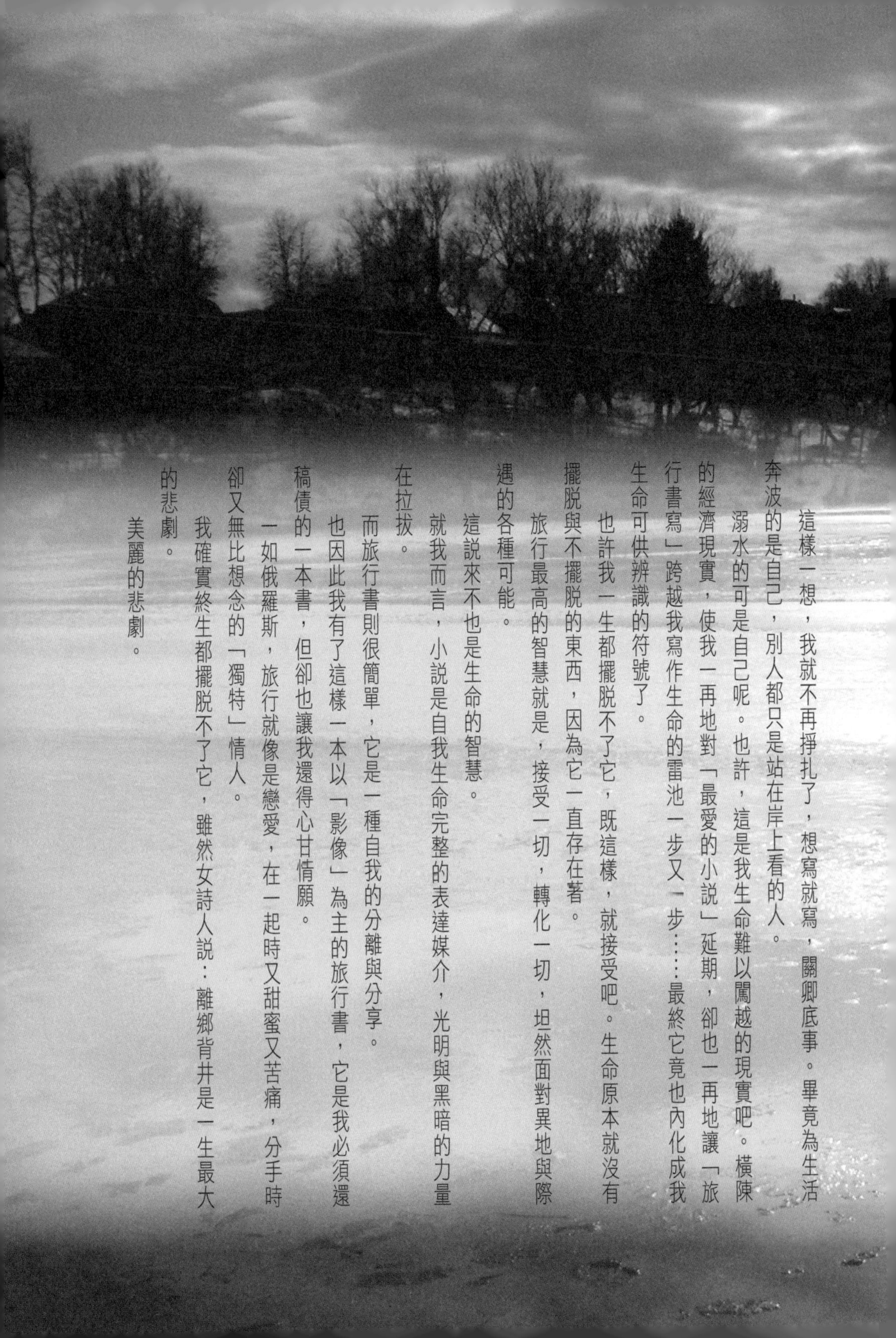

這樣一想，我就不再掙扎了，想寫就寫，關卿底事。畢竟為生活奔波的是自己，別人都只是站在岸上看的人。

溺水的可是自己呢。也許，這是我生命難以闖越的現實吧。橫陳的經濟現實，使我一再地對「最愛的小說」延期，卻也一再地讓「旅行書寫」跨越我寫作生命的雷池一步又一步……最終它竟也內化成我生命可供辨識的符號了。

也許我一生都擺脫不了它，既這樣，就接受吧。生命原本就沒有擺脫與不擺脫的東西，因為它一直存在著。

旅行最高的智慧就是，接受一切，轉化一切，坦然面對異地與際遇的各種可能。

這說來不也是生命的智慧。

就我而言，小說是自我生命完整的表達媒介，光明與黑暗的力量在拉拔。

而旅行書則很簡單，它是一種自我的分離與分享。

也因此我有了這樣一本以「影像」為主的旅行書，它是我必須還稿債的一本書，但卻也讓我還得心甘情願。

一如俄羅斯，旅行就像是戀愛，在一起時又甜蜜又苦痛，分手時卻又無比想念的「獨特」情人。

我確實終生都擺脫不了它，雖然女詩人說：離鄉背井是一生最大的悲劇。

美麗的悲劇。

附錄

一：台北有俄羅斯風味的餐廳推薦

明星咖啡館：台北市武昌街一段七號。

卡比索（ХЛЕЬ-СОЛЪ）俄羅斯餐廳敦南店：北市大安區敦化南路二段269號。

卡比索（ХЛЕЬ-СОЛЪ）餐廳SOGO復興店：北市忠孝東路三段300號10樓。

二：俄羅斯參考書籍及延伸閱讀

1. UNDER THE ROOF OF THE FOUNTAIN HOUSE——Anna Akhmatova, Museum of St. Peterburg, Russia Publishing.
2. 曼德斯坦詩選，楊子譯，河北教育出版社。
3. 童年少年青年，托爾斯泰，草嬰譯，木馬文化出版。
4. THE LEV TOLSTOY HOUSE, MUSEUM IN YASNAYA POLYANA, Russia Publishing.
5. THE DOSTOEVSKY MUSEUM IN SAINT——PETERSBURG A GUIDEBOOK
6. 安娜．卡列妮娜，托爾斯泰著，齊霞飛譯，志文出版。
7. 復活，托爾斯泰著，紀彩讓譯，志文出版。
8. 藝術論，托爾斯泰著，耿濟之譯，遠流出版。

9. 一日一善（春夏秋冬），托爾斯泰著，梁桂美譯，志文出版。
10. 托爾斯泰，李明濱著，牧村圖書出版。
11. 杜斯妥也夫斯基，陳惠玲編著，國家出版。
12. 罪與罰，杜斯妥也夫斯基著，商周出版。
13. 地下室手記，杜斯妥也夫斯基著，孟祥森譯，印刻出版。
14. A PUSHKIN——Pushkin poets, Museum of Pushkin St. Peterburg Russia.
15. 普希金秘密日記，普希金著，彭懷棟譯，聯合文學出版。
16. 彼得大帝，史蒂芬李著，吳麗玫譯，麥田出版
17. 凱薩琳女皇傳，韋紅著，牧村圖書出版。
18. MOSCOW, Lonely Planet Publishing.
19. 聖彼得堡，遠足出版。
20. 俄羅斯，MOOK出版。
21. TSARSKOYE SELO, PALACES AND PARKS, Publishing in St. Peterburg.
22. 冬宮博物館，冬宮博物館出版。
23. 安藤忠雄的都市徬徨，安藤忠雄著，謝宗哲譯，田園城市出版。
24. 寫給你的故事，季季著，印刻出版。

У КРАЯ
ЖИЗНИ!
МОСКВА

致謝

感謝旅途上所有陌生人的慈悲

感謝：

莫斯科台北經濟文化協調委員會駐台代表處組長　謝妙賦先生

台北經濟文化協調委員會駐莫斯科代表處文化組組長　李明先生

台北在莫斯科的留學生　劉品志先生與芬蘭小姐

作家　季季小姐

台北明星咖啡館　簡錦錐先生

台北卡比索　俄羅斯餐廳所有工作人員

台北皇家可口企業　所有工作人員

南僑企業會長　陳飛龍先生

國家圖書館出版品預行編目資料

大文豪與冰淇淋／鍾文音著——初版——臺北市：
大田出版；民97.08
面；公分・——(智慧田；082)

ISBN 978-986-179-100-5(平裝)

855 97012312

智慧田 082

大文豪與冰淇淋
鍾文音◎著

發行人：吳怡芬
出版者：大田出版有限公司
台北市106羅斯福路二段95號4樓之3
E-mail:titan3@ms22.hinet.net
http://www.titan3.com.tw
編輯部專線（02）23696315
傳眞（02）23691275
【如果您對本書或本出版公司有任何意見，歡迎來電】
行政院新聞局版台業字第397號
法律顧問：甘龍強律師

總編輯：莊培園
主編：蔡鳳儀　編輯：蔡曉玲
企劃行銷：蔡雨蓁
網路行銷：陳詩韻
美術設計：喻慶林
校對：謝惠鈴／陳佩伶／鍾文音
承製：知己圖書股份有限公司・(04)23581803
初版：2008年（民97）八月三十日
定價：新台幣350元

總經銷：知己圖書股份有限公司
（台北公司）台北市106羅斯福路二段95號4樓之3
電話：(02)23672044・23672047・傳眞：(02)23635741
郵政劃撥：15060393
（台中公司）台中市407工業30路1號
電話：(04)23595819・傳眞：(04)23595493

國際書碼：ISBN：978-986-179-100-5/CIP:855/97012312
Printed in Taiwan

廣 告 回 郵
北區郵政管理局登記證北台字1764號
免 貼 郵 票

*請沿虛線剪下，對摺裝訂寄回，謝謝！

To：大田出版有限公司　編輯部收

地址：台北市 106 羅斯福路二段 95 號 4 樓之 3

電話：(02) 23696315-6　傳真：(02) 23691275

E-mail：titan3@ms22 hinet net

From：地址：

姓名：

大田珍藏版禮物書等著你！

只要在回函卡背面留下正確的姓名、E-mail和聯絡地址，
並寄回大田出版社，
你有機會得到大田精美的禮物書！

活動截止日期：2008年11月30日
得獎名單將公布於大田出版會員討論區，請密切注意！
大田會員討論區：http://discuz.titan3.com.tw/index.php
大田日文系部落格：http://blog.pixnet.net/titan3

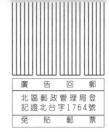

＊請沿虛線剪下，對摺裝訂寄回，謝謝！

閱讀是享樂的原貌，閱讀是隨時隨地可以展開的精神冒險。

因爲你發現了這本書，所以你閱讀了。我們相信你，肯定有許多想法、感受！

讀者回函

你可能是各種年齡、各種職業、各種學校、各種收入的代表，
這些社會身分雖然不重要，但是，我們希望在下一本書中也能找到你。

名字／＿＿＿＿＿＿ 性別／□女 □男　出生／＿年＿月＿日

教育程度／＿＿＿＿＿＿

職業：□ 學生　□ 教師　□ 內勤職員　□ 家庭主婦
□ SOHO族　□ 企業主管　□ 服務業　□ 製造業
□ 醫藥護理　□ 軍警　□ 資訊業　□ 銷售業務
□ 其他＿＿＿＿＿＿

E-mail/＿＿＿＿＿＿ 電話/＿＿＿＿＿＿

聯絡地址:＿＿＿＿＿＿

你如何發現這本書的？　書名：大文豪與冰淇淋

□書店閒逛時＿＿＿＿書店 □不小心翻到報紙廣告（哪一份報？）＿＿＿＿

□朋友的男朋友（女朋友）灑狗血推薦 □大田電子報或網站

□部落格版主推薦＿＿＿＿＿＿

□其他各種可能，是編輯沒想到的＿＿＿＿＿＿

你或許常常愛上新的咖啡廣告、新的偶像明星、新的衣服、新的香水……
但是，你怎麼愛上一本新書的？

□我覺得還滿便宜的啦！ □我被內容感動 □我對本書作者的作品有蒐集癖

□我最喜歡有贈品的書 □老實講「貴出版社」的整體包裝還滿 High 的 □以上皆非

□可能還有其他說法，請告訴我們你的說法

＿＿＿＿＿＿

你一定有不同凡響的閱讀嗜好，請告訴我們：

□ 哲學　□ 心理學　□ 宗教　□ 自然生態　□ 流行趨勢　□ 醫療保健
□ 財經企管　□ 史地　□ 傳記　□ 文學　□ 散文　□ 原住民
□ 小說　□ 親子叢書　□ 休閒旅遊　□ 其他＿＿＿＿＿＿

一切的對談，都希望能夠彼此了解，否則溝通便無意義。
當然，如果你不把意見寄回來，我們也沒「轍」！
但是，都已經這樣掏心掏肺了，你還在猶豫什麼呢？
請說出對本書的其他意見：

大田出版有限公司編輯部 感謝您！